全彩印刷版　视频教学　浓缩精华本 Mini

新手易学

系统安装与重装

华诚科技　编著

机械工业出版社
China Machine Press

本书是讲解操作系统安装与重装的入门书籍，从初学者学习电脑的特点出发，以逐步图解的讲解方式，全面介绍了安装操作系统并对系统进行各种优化与维护方面的知识。

全书共分为 15 章，分别介绍了操作系统的基础知识、安装操作系统前的一些准备工作、各种常见单操作系统及多操作系统的安装方法、操作系统的卸载，以及虚拟机的安装与使用、驱动程序及其他常用软件的安装、多操作系统资源的相互共享、系统的备份与还原、重装操作系统的方法，最后还介绍了如何对系统进行各种优化和日常维护的相关知识、对数据进行恢复的方法，以及在安装操作系统时可能遇到的故障及解决方法。

本书特别适合从零开始学习系统安装与重装的初、中级电脑用户，也可作为电脑维护与管理人员和大中专院校师生的技术参考书籍。

图书在版编目（CIP）数据

新手易学——系统安装与重装 / 华诚科技编著 .—北京：机械工业出版社，2011.6

ISBN 978-7-111-34870-2

Ⅰ．系… Ⅱ．华… Ⅲ．操作系统（软件）－基本知识 Ⅳ．TP316

中国版本图书馆 CIP 数据核字（2011）第 099412 号

机械工业出版社（北京市西城区百万庄大街 22 号　邮政编码 100037）

责任编辑：秦　健

中国电影出版社印刷厂印刷

2011 年 8 月第 1 版第 1 次印刷

147mm×210mm · 7.125 印张

标准书号：ISBN 978-7-111-34870-2

ISBN 978-7-89451-983-2（光盘）

定价：29.80 元（附光盘）

凡购本书，如有缺页、倒页、脱页，由本社发行部调换

客服热线：(010)88378991；88361066

购书热线：(010)68326294；88379649；68995259

投稿热线：(010)88379604

读者信箱：hzjsj@hzbook.com

　　在人们的日常工作和生活中，电脑已经成为最重要的工具之一。目前，越来越多的用户都拥有了属于自己的个人电脑，学习电脑的用户也越来越多，而要学习电脑，不可避免地要和操作系统打交道，本书就是为了满足当前用户学习电脑的需求而编写的。

　　本书共分15章，第1章介绍了操作系统的一些基础知识，以帮助用户简单了解操作系统；第2章介绍安装操作系统前的一些准备工作，包括BIOS的常用设置、硬盘的分区与格式化等内容；第3~5章介绍了各种单操作系统的安装方法，用户通过图解可以迅速学会安装操作系统的方法；第6~7章介绍了多操作系统的安装与卸载方法；第8章介绍了虚拟光驱、虚拟机的安装与使用，以及如何为虚拟机安装操作系统等内容；第9章介绍了驱动程序以及其他各种操作软件的安装方法；第10章介绍了在多操作系统环境下对各种资源进行共享使用的方法；第11章介绍了对系统进行备份与还原的方法；第12章介绍了使用各种方法对原有系统进行重装的方法；第13章介绍了在使用电脑的过程中如何对系统进行必要的优化与维护的操作；第14章介绍了如何通过一些工具软件来对丢失或被误删除的文件进行恢复的方法；第15章介绍了在安装系统过程中可能遇到的故障或问题，以及解决方法。

　　希望本书能对广大读者朋友有所帮助。由于时间仓促及作者水平所限，书中难免存在疏漏和不足之处，欢迎各位读者朋友批评指正，并提出宝贵意见。

目　录

第3章 安装Windows XP 26

第4章 安装Windows 7 41

新手常见问题

第10章　多系统的资源共享　121

新手常见问题

第11章　系统的备份与还原　138

新手常见问题

新手常见问题

第14章　数据恢复　192

第15章　安装系统过程中的常见故障　205

新手常见问题

第1章

认识操作系统

要点导航
- 什么是操作系统
- 选择操作系统
- 常见的Windows操作系统
- 常见的系统安装方式

操作系统是管理所有电脑硬件与软件资源的最高等级的程序集合，它负责着诸如管理与配置内存、决定系统资源供需优先次序、控制输入与输出设备、管理操作网络与管理文件系统等事项。操作系统是整个软件系统中最为庞大也是最为复杂的管理控制程序。

目前，普通个人用户大多都用的是Windows家族的操作系统。下面就对常见的操作系统以及安装操作系统的相关知识进行讲解。

1.1　认识操作系统

操作系统管理电脑系统的全部硬件资源、软件资源及数据资源，它控制程序运行、改善人机界面并为其他应用软件提供支持等。操作系统使电脑系统的所有资源得到最大限度的利用，为用户提供方便的、有效的、友善的服务界面。

关键词　操作系统、类型、选择

难　度　◆◇◇◇◇

1.1.1　什么是操作系统

操作系统英文名为Operating System，简称OS。它是管理电脑所有硬件资源与软件资源的控制程序，同时也是整个电脑系统的内核与基石。操作系统身负诸如管理与配置内存、决定系统资源供需的优先次序、控制输入与输出设备、操作网络与管理文件系统等基本事务。

操作系统的主要功能是对整个电脑系统进行有效的管理，如程序控制和人机交互等。电脑系统的资源可分为硬件资源和软件资源两大类：硬件资源指的是组成电脑的硬件设备，如CPU、内存、硬盘、显示器、键盘和鼠标等；软件资源则是指存放于电脑中的各种数据，如程序、知识库、系统软件和应用软件等。

1.1.2　操作系统的类型

目前的操作系统种类繁多，很难用单一标准统一分类。根据应用领域来划分，可分为桌面操作系统、服务器操作系统、主机操作系统、嵌入式操作系统；而根据所支持的用户数目，又可分为单用户和多用户系统；按应用领域的不同，则可分为服务器操作系统、桌面操作系统、嵌入式操作系统；根据操作系统的作业处理方式来考虑，可分为分时系统、实时系统等。

01 分时操作系统

在分时操作系统中，CPU的时间被划分成若干个时间片，操作系统以时间片为单位，轮流为每个终端用户服务。系统能使每个用户在轮流使用一个时间片时感觉不到有其他用户存在，就像整个电脑全为自己所用一样。分时系统具有多路性、交互性、"独占"性和及时性的特征。

分时操作系统的工作方式是：一台主机连接了若干个终端，每个终端有一个用户在使用。用户交互式地向系统提出命令请求，系统接受每个用户的命令，采用时间片轮转方式处理服务请求，并通过交互方式在终端上向用户显示结果。常见的分时操作系统一般有Linux、Unix等。

02 实时操作系统

实时操作系统是指使电脑能及时响应外部事件的请求，在规定的严格时间内完成对该事件的处理，并控制所有实时设备和实时任务协调一致工作的操作系统。

实时操作系统要追求的目标是：对外部请求在严格时间范围内做出反应，具有高可靠性和完整性，其主要特点是资源的分配和调度首先要考虑实时性，然后才是效率。除此之外，实时操作系统还拥有较强的容错能力。目前，实时操作系统最常见的就是Windows家族。

1.1.3 根据需求选择操作系统

尽管目前操作系统的种类繁多，但是随着用户使用电脑的配置和电脑工作环境的不同，其所需要的操作系统也自然不同。

01 个人操作系统

对于普通个人用户来说，对操作系统最大的要求就是稳定和便于使用，因此，微软的Windows家族的操作系统就成为了普通用户的首选。

02 服务器操作系统

服务器操作系统，一般指的是安装在网站服务器上的操作系统软件，是企业IT系统的基础架构平台，也是按应用领域划分的3类操作系统之一。

目前，市场上主流的服务器操作系统一般分为Windows、Unix、Linux和NetWare 4种。不过由于种种原因，NetWare服务器操作系统在市场上具有相当大的局限性，使其并不能真正的普及，因此被人们广泛使用的是其他3种服务器操作系统。

Windows服务器操作系统是由全球最大的操作系统开发商——微软公司开发的，它是目前使用得最广泛的服务器操作系统，该公司开发的Windows Server 2003/2008都是服务器操作系统中的经典。

Unix服务器操作系统由AT&T公司和SCO公司共同推出，是主要支持大型的文件系统服务、数据服务等应用的操作系统。早期的时候，很多著名服务器厂商生产的高端服务器产品中都只支持Unix操作系统，因此在不少用户眼中，Unix就代表着高端操作系统。目前，较为常见的Unix版本有SCO SVR、BSD Unix、SUN Solaris、IBM-AIX等。

Linux服务器操作系统是在Posix和Unix基础上开发出来的，支持多用户、多任务、多线程、多CPU，是目前国内外很多保密机构服务器操作系统采购的首选，也是不少程序开发者的首选。

Linux的特点是开放源代码政策，使得基于其平台的开发与使用无须支付任何版权费用。Linux在全球有着广泛的用户群体，在这些用户中不乏优秀的程序员，因此，Linux日趋成熟。目前，国内市场中使用的主流Linux版本主要有Suse Linux系列、小红帽系列、红旗系列。

1.2 常见的Windows操作系统

> 微软公司开发的Windows是目前世界上用户最多并且兼容性最强的操作系统。默认的Windows平台是由任务栏和桌面图标组成的。任务栏由显示正在运行的程序、"开始"按钮、时间、快速启动栏、输入法以及右下角的托盘图标组成，而桌面图标是进入程序的途径。

关键词 Windows XP、Windows 7

难 度 ◆◆◇◇◇

1.2.1 Windows XP操作系统

Windows XP中文全称为视窗操作系统体验版，是微软公司于2001年8月发布的一款视窗操作系统，原名Whistler。

Windows XP是基于Windows 2000代码的产品，它带有全新的用户图形的登录界面，全新的XP亮丽桌面，并引入了一个"选择任务"的用户界面，使得工具条可以访问任务的具体细节。另外，它还简化了Windows 2000的用户安全特性，并整合了防火墙，以确保长期以来困扰微软的安全问题得到解决。

01 Windows XP Home Edition版

Windows XP Home Edition是XP系统的家庭版，它主要是为了与 Professional 版本区分，添加了少量娱乐功能，去掉了诸如IIS、组策略等某些家庭很少使用的功能以便降低售价,从而允许厂家以低廉的价格装配给用户。比起早期版本的Windows操作系统，Windows XP Home Edition具有以下优点：启动比以前更快、程序快速启动、可同时执行多人任务、控制在 Web 上共享信息的方式、多台计算机共享一个安全的Internet连接。

02 Windows XP Professional版

与家庭版相比，Windows XP Professional在系统可靠性与性能表现方面提出了更高标准，该操作系统的设计主要是为了满足各种规模的商务企业和希望充分发掘计算体验的广大用户的相关需求。Windows XP Professional较之Windows XP Home Edition新增了不少功能，如增加了组策略功能、远程桌面功能、EFS文件加密功能、IIS服务，可连接NetWare服务器，最高支持两个CPU和9个显示器等。目前，不少个人用户使用的都是Professional版。

03 Windows XP 64-Bit Edition版

继Professional版后，微软又发布了第一个64位客户操作系统——Windows XP 64-Bit Edition，用于电影特效制作、3D动画、工程和科学应用领域，这些特殊用户一般都有着大容量内存和高浮点运算性能的需求。

64位计算的优异性能给这些领域带来了巨大的好处，使用这样的系统，工程师可以使用模拟软件来分析各种复杂情况，然后再根据结果进行研究以改进产品。64位计算也为3D动画、大型游戏的开发人员带来了好处，因为它能显著减少花费在三维模型数字渲染上的时间。

1.2.2 Windows 7系统的版本

自微软发布Windows 7以来，一共推出了6种Windows 7版本，包括Windows 7 Starter版、Windows 7 Home Basic版、Windows 7 Home Premium版、Windows 7 Professional版、Windows 7 Enterprise版与Windows 7 Ultimate版。

其中，Windows 7 Starter版带有很多限制，Windows 7 Home Basic版仅在新兴市场投放，功能非常有限。

01 Windows 7 Home Premium版

Windows 7 Home Premium即家庭高级版，具有Aero Glass高级界面、高级窗口导航、改进的媒体格式支持、媒体中心和媒体流增强、多点触摸、更好的手写识别等。它包含了航空特效功能、多触控功能、多媒体功能、组建家庭网络组等功能，并在全球范围内可用。

02 Windows 7 Professional版

Windows 7 Professional版即专业版，它是被用来替代Vista的商业版，支持加入管理网络、高级网络备份和加密文件系统等数据保护功能、位置感知打印技术等。它包含了加强网络的功能，比如域加入、高级备份功能、位置感知打印、脱机文件夹、移动中心、演示模式等，并在全球范围内可用。

03 Windows 7 Enterprise版

Windows 7 Enterprise版即企业版，它提供一系列企业级增强功能。如BitLocker，内置和外置驱动器数据保护；AppLocker，锁定非授权软件运行；DirectAccess，无缝连接基于Windows Server 2008 R2的企业网络；BranchCache，Windows Server 2008 R2网络缓存等。

同时，它还包含以下功能：Branch缓存、DirectAccess、Bit-Locker、AppLocker、Virtualization Enhancements、Management、Compatibility and Deployment、VHD引导支持等。另外，它在全球仅批量许可，并不大量发行零售版。

04 Windows 7 Ultimate版

Windows 7 Ultimate版即旗舰版，它拥有新操作系统所有的消费级和企业级功能，当然其消耗的硬件资源也是最大的，它在全球的可用范围受到一定限制。

1.3 常见的系统安装方式

在安装系统的时候，通常都会用到两种方式，即全新安装和升级安装。全新安装很好理解，即在电脑上安装或者重装一个全新的操作系统，如果电脑上以前有操作系统，还可以双操作系统并存。而升级安装则是在原有的操作系统的基础上，将该操作系统升级到指定版本。

关键词 全新安装、升级安装
难 度 ◆◆◇◇◇

1.3.1 全新安装

全新安装即在没有操作系统或在原有的操作系统之外再安装一个操作系统，该安装方式的优点是安全性较高，安装方便。而且，如果以前已经有了一个操作系统，新安装的系统并不会影响到以前系统的使用，只需要将新系统安装到另外一个系统分区即可。

目前，常见的双操作系统共存一般有Windows XP/ Windows 7、Windows XP/Server 2003、Windows XP/Linux等。

1.3.2 升级安装

升级安装即对原有操作系统进行升级，如从Windows 2000升级到Windows XP，又如从Windows XP升级到Windows 7。

使用升级安装的好处是原有程序、数据、设置都不会发生什么变化，硬件兼容性方面的问题也比较少，缺点当然是升级容易恢复难，如上图所示即为用户准备选择升级安装。

温馨提示

除了全新安装以及升级安装以外，还有一种覆盖安装。所谓的覆盖安装，即在全系统分区的环境下，再次安装一个新系统。不过，在Windows XP以后的操作系统中，覆盖安装都会要求用户进行格式化操作。从另一方面说，覆盖安装相当于一种变相的全新安装，只不过是格式化系统分区操作的时间不同而已。

新手常见问题

1. Windows Vista为什么会退出市场？

Windows Vista是微软继Windows XP之后发布的新操作系统版本，在2007年1月对普通用户出售。但目前随着众多媒体和用户对Windows 7相关测试的推出，铺天盖地的好评也如潮水般蜂拥而至，全新的功能、更低的需求，彻底摆脱了Vista"花瓶"的称号，再加上微软不遗余力地为Windows 7造势，Windows 7 RC版的各种新增特性也逐渐浮出水面。使用过Windows 7 Beta和RC版的用户可以感觉到，其启动速度和运行速度比Vista有明显提高，操作感受接近于Windows XP，而且拥有更绚丽的用户界面，同时并不需要太高的配置，系统需求略高于Windows XP，但比Windows Vista要求更低。因此随着Windows 7的推出，Windows Vista也就逐渐退出了市场。

2. 苹果电脑也使用Windows操作系统吗？

对于绝大多数的苹果电脑来说，它们所使用的操作系统一般都是Mac OS。它是一套运行于苹果Macintosh系列电脑上的操作系统，也是首个在商用领域成功的图形用户界面系统。Mac OS是苹果机专用系统，一般来说，它是无法在普通电脑上安装使用的。

3. 安装操作系统的流程是怎样的？

在一台全新的电脑上使用系统安装盘安装操作系统，其一般流程是这样的：首先进入BIOS设置从光驱启动计算机，然后将系统安装光盘放入光驱并重新启动计算机，接着进入系统安装界面，并使用系统安装盘对硬盘进行分区与格式化，最后即可开始安装操作系统并设置安装信息。

4. Linux是一种什么操作系统？

Linux是一种计算机操作系统，其内核的名字也是Linux。Linux操作系统是自由软件和开放源代码发展中最著名的例子。简单地说，Linux是一套免费使用和自由传播的类Unix操作系统。这个系统是由世界各地的成千上万的程序员设计和实现的，其目的是建立不受任何商品化软件的版权制约、全世界都能自由使用的Unix兼容产品。过去，Linux主要被用作服务器的操作系统，但因它的廉价、灵活性及Unix背景，使得它有了更广泛的应用。

第2章

系统安装必备工作

在安装系统之前，首先需要认识BIOS并了解硬盘的分区与格式化。BIOS是英文Basic Input Output System的缩写，中文意思为基本输入输出系统。它的作用是开机时对系统的各项硬件进行初始化的设置和测试，它也是电脑中硬件和软件交流的通道。

硬盘的分区与格式化是系统稳定和资源有效管理的基础。在本章中，将对BIOS基础知识与常用设置、硬盘的分区与格式化进行讲解。

2.1　BIOS基础知识

> BIOS是电脑的基本输入输出系统，它保存着CPU、硬盘、显卡、内存等电脑硬件的设置信息，安装在一块可读写的CMOS芯片中。在关机以后，主板通过CMOS电池保证CMOS处于通电状态，以确保信息不会丢失。

关键词　BIOS、设置
难　度　◆◆◇◇◇◇

2.1.1　认识BIOS

BIOS就是电脑的基本输入输出系统，它具有提供最基础、最直接的硬件控制支持的作用，是联系最底层的硬件系统与软件系统的基本桥梁。如下图所示，分别为两种不同的BIOS设置界面。

 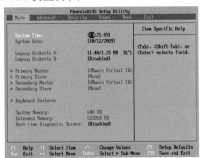

正常情况下，在按下电源开关后，BIOS将会完成一个对内部各个设备进行检查的过程，即POST的加电自检。完整的POST自检包括对CPU、内存、主板、CMOS存储器、ROM、显卡、串口、并口、硬盘子系统以及键盘等各种设备的检测。

如果在自检过程中发现问题，电脑将会给出相对应的错误信息提示或鸣笛警告；如果在自检过程中未发现任何错误，完成自检后BIOS将会按照系统CMOS设置中的启动顺序搜索光驱、硬盘等启动驱动器，读入操作系统引导记录，然后将系统控制权交给引导记录，由引导记录来完成系统的启动。由此可见，若是BIOS出现错误，那么系统将无法正常启动。

不同BIOS的进入方法也不同。一般来说，在系统启动时，都会显示进入BIOS的热键提示。常见BIOS的进入方法如表2-1所示。

表2-1 进入BIOS的方法

BIOS类型	进入BIOS所使用的热键
Award BIOS /AMI BIOS	Del键或Esc键
Phoenix BIOS	F2键
COMPAQ BIOS	F10键
AST BIOS	Ctrl+Alt+Esc组合键
IBM BIOS	F2键

2.1.2 BIOS与CMOS的区别

CMOS是英文Complementary Metal Oxide Semiconductor的缩写，中文意思为互补金属氧化物半导体，其本意是指制造大规模集成电路芯片用的一种技术或使用这种技术制造出来的芯片。

由于CMOS与BIOS都跟电脑系统设置密切相关，所以才有CMOS设置和BIOS设置的说法，很多初学者容易将二者混淆。其实CMOS设置与BIOS设置是两个完全不同的概念，CMOS用于存放系统参数，而BIOS中存放的系统设置程序则是完成参数设置的手段，因此，准确的说法是通过BIOS设置程序对CMOS参数进行设置。

一般情况下，CMOS是指电脑主板上的一块可读写的芯片，它存储了电脑系统的实时时钟信息以及硬件配置信息等资料。系统在加电自检时，就要从CMOS读取信息，用来初始化各个硬件的状态。

2.1.3 BIOS基本选项的含义

BIOS是全英文界面，用户需要对这些全英文选项的含义有一定的了解，这样才能正确设置BIOS。下面就以Phoenix-Award BIOS为例，来介绍BIOS中各基本选项的含义，详情如表2-2所示。

表2-2 Phoenix-Award BIOS选项的功能与作用

设置选项	功能与作用
Standard CMOS Features	标准CMOS设置，可用来设置日期、时间、软硬盘规格、工作类型、显示器类型等
Advanced BIOS Features	高级BIOS功能设置，用来设置开机启动选项、病毒警告等BIOS的特殊功能
Advanced Chipset Features	设置显存、硬盘速度等选项
Integrated Peripherals	整合设备周边设定，可以对USB声卡、网卡进行设置
Power Management Setup	用来对CPU、硬盘、显示等设备进行电源管理设置
PnP/PCI Configurations	即插即用设备与PCI资源设置，用来设置即插即用设备的中断号以及其他参数
PC Health Status	查看当前电脑硬件状况
Frequency/Voltage Control	对CPU超频进行设置
Set Supervisor Password	计算机管理员设置进入BIOS的密码
Load Fail-Safe Defaults	恢复主板BIOS安全设置
Load Optimized Settings	恢复载入主板的BIOS出厂设置，这是BIOS最基本的设置，可用来确定故障范围
Set User Password	用户在进入BIOS时设置的密码
Save & Exit Setup	保存已经更改的设置，并退出BIOS设置
Exit Without Save	不保存已经更改的设置，并退出BIOS设置

2.2 BIOS的常用设置

BIOS是一组固化到主板上ROM芯片中的程序，它保存着电脑中最重要的基本输入输出程序、系统设置信息、开机加电自检程序和系统启动自检程序等。在开机以后，电脑会自动进行加电自检，此时根据系统的提示按下相应的快捷键即可进入BIOS程序设置界面。

关键词 启动顺序、禁用USB接口、设置BIOS密码

难　度　◆◆◆◇◇

2.2.1 设置设备启动顺序

在加电自检的时候，电脑会在光驱、硬盘、U盘等移动设备以及局域网络等位置搜索系统。而设置启动顺序，即设置电脑搜索这些硬件的顺序。

01 进入BIOS设置界面

启动电脑，进入BIOS设置界面，通过小键盘的方向键选择Advanced BIOS Features项，然后按【Enter】键。

02 选择第一个加载启动设备

在切换到的界面中，选择First Boot Device项，即第一个加载的启动设备，然后按【Enter】键。

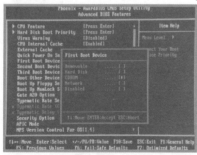

03 设置从光驱启动

在弹出的First Boot Device选择界面中，选择CDROM项，即设置光驱启动，然后按【Enter】键。

04 设置完毕

经过以上操作，就将第一启动项设置成了CDROM。

新手提升：第二启动设备与第三启动设备

可以看到，在First Boot Device选项下面，还有Second Boot Device、Third Boot Device与Boot Other Device等选项，用户可以在这里设置第二启动设备、第三启动设备以及最后的其他启动设备。

2.2.2 禁用USB接口

目前，因为资料的保密性以及其他方面的因素，不少企业都需要屏蔽电脑的USB接口，这也可以在BIOS中设置。

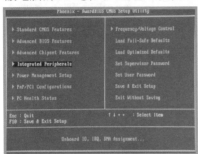

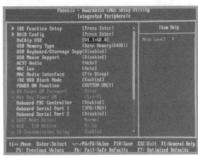

01 进入BIOS设置界面
在打开的BIOS设置界面中，选择Integrated Peripherals项，然后按【Enter】键。

02 打开Onchip USB项
在Integrated Peripherals设置界面，通过小键盘方向键选择Onchip USB项，然后按【Enter】键。

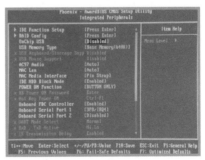

03 屏蔽USB接口
在Onchip USB设置界面，选择Disabled项，即屏蔽接口选项，然后按【Enter】键。

04 显示效果
经过以上操作后，可看到USB接口呈Disabled状态，即已被屏蔽。

2.2.3 设置BIOS密码

既然BIOS如此重要，那么对BIOS做一些保护设置也是应该的，用户可以通过设置BIOS密码来给BIOS加上一层安全保护。

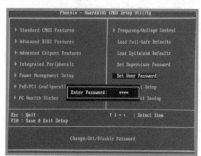

01 进入BIOS设置界面
在打开的BIOS设置界面中，选择Set User Password项，即设置BIOS密码功能项，然后按【Enter】键。

02 设置密码
在BIOS设置界面会弹出Enter Password框，要求用户输入密码，用户输入密码后，系统还会再次弹出密码输入框，要求用户再次输入密码确认，确认后按【Enter】键即可完成设置。

2.3　硬盘分区

磁盘分区一般分为主磁盘分区和扩展磁盘分区两种类型。一个硬盘最多可以有4个主要磁盘分区，最少一个扩展磁盘分区，而扩展磁盘分区又可以划分为多个逻辑分区。主磁盘分区就是硬盘的启动分区，如果只有一个主分区，一般来说也就是C盘。

关键词　文件系统格式、分区原则、创建分区
难　度　◆◆◆◇◇

2.3.1　磁盘的常见文件系统格式

目前，常用的文件系统格式一般分为FAT32文件系统格式与NTFS文件系统格式两种，FAT16文件系统格式基本已经被淘汰。

01 FAT32文件系统格式

FAT32实际上是文件分区表采取的一种形式，它是相对于FAT16而言

的。文件在磁盘上是以簇的方式存放的，簇里存放了一个文件就不能再存放另外的文件，磁盘分区使用的簇越小，保存信息的效率就越高。

在Windows 2000的FAT32文件系统的情况下，分区大小在2～8GB时簇的大小为4KB；分区大小在8～16GB时簇的大小为8KB；分区大小在16～32GB时，簇的大小则为16KB。目前，FAT32格式多用于系统分区。

02 NTFS文件系统格式

NTFS文件系统格式提供长文件名、数据保护和恢复，并通过目录和文件许可实现安全性，NTFS支持大硬盘和在多个硬盘上存储文件，其支持的单个分区大小可以达到2TB。

另外，NTFS还支持对分区、文件夹和文件的压缩。任何基于Windows系统的应用程序对NTFS分区上的压缩文件进行读写时，都不需要事先由其他程序进行解压缩，当对文件进行读取时，文件将自动进行解压缩，文件关闭或保存时会自动对文件进行压缩。

除此之外，NTFS还是一个可恢复的文件系统，在NTFS分区上用户很少需要用到磁盘修复程序。NTFS通过使用标准的事件处理日志和恢复技术来保证分区的一致性，发生系统失败事件时，NTFS使用日志文件和检查点信息可自动恢复文件系统的一致性。

2.3.2 硬盘的分区原则

在以前，120GB的硬盘就被称为海量硬盘了，如今即使是500GB的硬盘也是较为普遍的，而如何给这么大的硬盘分区也成了一个不小的问题。一般来说，建议用户在进行磁盘分区时参照以下4个原则。

01 系统盘不宜过大

因为系统盘的读写比较多，产生错误和磁盘碎片的几率也较大。扫描磁盘和整理碎片是日常工作，而这两项工作的时间与磁盘的容量密切相关，如系统盘的容量过大，往往会使这两项工作奇慢无比，从而影响工作效率，建议系统盘容量保持在20～30GB左右。

02 除了系统盘外尽量使用NTFS分区

NTFS文件系统是较为安全、可靠的文件系统，除兼容性之外，在其他方面都远远优于FAT32。因此，除了主系统分区为了兼容性而有可能采用FAT32格式外，建议其他分区采用NTFS。另外，正如同在FAT16格式中无法保存2GB以上文件的限制一样，在FAT32格式的分区中，也无法保存4GB以上的文件，而NTFS格式则无此限制。

03 建议保留两个或更多的系统分区

如今各种木马、病毒、流氓软件横行，系统缓慢、系统崩溃等都是很常见的事情。一旦用户碰到这种情况，重装、杀毒要消耗很多时间，往往耽误工作，而如果用户装有双系统，事情就变得简单了。直接登录另外一个系统，就可以轻易地杀毒、删除木马，修复另外一个系统，还可以用镜像文件把原系统恢复。因此建议用户保留两个或两个以上的系统分区，用以安装双系统乃至多系统。

04 保留一个巨型分区

随着硬盘容量的增长，很多文件和程序的体积也是越来越大。以前一部压缩电影不过几百兆，而现在一部HDTV一般就有几十GB。

2.3.3 创建磁盘分区

俗话说"条条大路通罗马"，磁盘的分区也是一样，可以通过很多种手段来对磁盘进行分区。不过对于新手来说，最常用的还是在安装系统时对磁盘进行分区，以及使用PQmagic等工具进行无损数据的磁盘分区。

01 用系统安装盘进行磁盘分区

新买的硬盘大多没有分区，因此用户在第一次安装操作系统时，都需要对它们先进行一次分区。Windows系列的系统安装光盘一般都带有划分以及删除磁盘分区的功能，用系统安装盘对磁盘进行分区的方法如下。

01 读取光盘数据　设置BIOS为光驱启动，并在光驱中放入系统安装盘，重新启动电脑，等待电脑从光盘中读取数据。

02 进入安装界面　当电脑读取出安装盘中的数据以后，即会自动切换到Windows XP的安装界面，按【Enter】键可进入下一步操作。

03 阅读协议　在"Windows XP许可协议"界面，仔细阅读协议，如同意协议按【F8】键则可进入下一步操作。

04 查看磁盘分区
同意协议以后，即可看到该磁盘目前未划分的空间以及容量，按【C】键创建磁盘分区。

05 输入新建磁盘分区大小
输入想要创建的磁盘分区的大小，按【Enter】键确定创建磁盘分区。

06 显示新的磁盘分区
确定创建磁盘分区以后，即可在磁盘分区状态界面看到已创建的新磁盘分区。

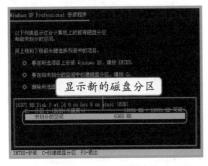

02 使用PQmagic进行无损数据磁盘分区

在使用系统安装盘进行磁盘分区时，磁盘分区中的所有文件、数据都会被删除。如果用户既想保留以前磁盘分区中的数据，又想新建磁盘分区，那么就可以使用PQmagic工具了。

PartitionMagic是一款功能强大的磁盘分区工具，它可以保留磁盘分区中的数据，从这个磁盘分区中提取出一定空间来建立新的磁盘分区。如果用户的F盘有50GB大小的容量，并且保存了5GB大小的文件，同时用户又想新建一个20GB大小的磁盘分区，那么就可以使用PartitionMagic从F盘提取出20GB的空间来建立新分区，并且对F盘中保存的5GB大小的文件没有任何影响。

下面将讲解使用PartitionMagic建立新磁盘分区的详细过程。

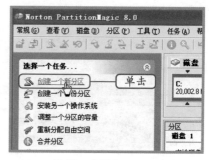

01 启动PartitionMagic
双击桌面上的PartitionMagic程序图标，启动PartitionMagic魔法分区工具。

02 选择一个任务
在启动的PartitionMagic程序界面中，单击该程序窗口左侧任务窗格中的"创建一个新分区"文字链接。

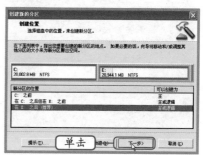

03 单击"下一步"按钮
在弹出的创建新的分区向导中，单击"下一步"按钮，进入下一步设置界面。

04 选择新建磁盘分区位置
选择新建分区的位置，用户也可以使用PartitionMagic推荐的位置，然后单击"下一步"按钮。

05 选择减少空间的磁盘分区
选择所要减少磁盘空间创建新的磁盘分区的磁盘分区，然后单击"下一步"按钮。

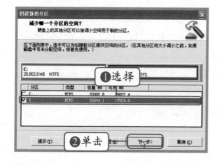

06 输入新建磁盘分区大小

在"分区属性"界面，输入想要新建的磁盘分区的大小，然后单击"下一步"按钮。

07 完成新建分区设置

确定新建磁盘分区后，核对所要创建的新磁盘分区的信息，确认无误后，单击"完成"按钮完成新建磁盘分区的设置。

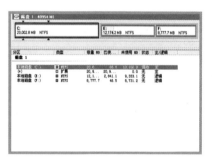

08 查看磁盘列表

经过以上操作，可看到在PartitionMagic程序窗口的磁盘列表中，已经预显示出了新建磁盘分区的信息。

09 单击"应用"按钮

单击PartitionMagic程序窗口左下角的"应用"按钮，确定执行新建磁盘分区操作挂起。

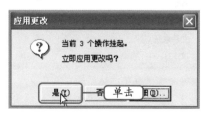

10 确定执行操作挂起

在弹出的"应用更改"对话框中，单击"是"按钮，确定执行操作挂起。

11 重启电脑

弹出"警告"对话框，单击"确定"按钮，经过一段时间的程序执行，新的磁盘分区创建成功。

12 创建新磁盘分区成功

打开"我的电脑"窗口，即可看到新创建的磁盘分区。

2.4　硬盘的格式化

一般来说，新买的硬盘一般要先分区，再进行格式化，没有格式化过的新硬盘是无法直接存储数据的。因为格式化是在磁盘中划分建立磁道和扇区，只有磁道和扇区建立好之后，电脑才可以使用磁盘来储存数据。

关键词　格式化、Format
难　度　◆◆◇◇◇

2.4.1　直接右击磁盘分区格式化

对于格式化分区来说，直接右击硬盘格式化恐怕是最简单的方法了，通过直接右击磁盘分区，在弹出的快捷菜单中执行格式化命令即可。

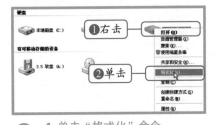

01 单击"格式化"命令

右击想要格式化的磁盘分区，在弹出的快捷菜单中单击"格式化"命令。

02 选择格式化后的文件系统

在弹出的"格式化本地磁盘"对话框中，选择格式化后的分区文件系统格式，然后单击"开始"按钮。

03 确定格式化

在弹出的警告对话框中，单击"确定"按钮确定格式化，关闭警告对话框。

04 格式化完毕

经过一段时间的格式化过程以后，格式化完成，系统弹出显示格式化完毕的对话框，单击"确定"按钮即可关闭该对话框。

2.4.2 使用Format命令格式化磁盘

Format是人们平时运用得较多的格式化磁盘分区方式之一。运用Format实用程序可以对硬盘进行高级格式化，修复坏扇区等操作。使用Format命令格式化分区的方法如下。

01 单击运行命令

在任务栏上单击"开始"按钮，在弹出的菜单中单击"运行"命令。

02 输入执行命令

弹出"运行"对话框，在对应的文本框中输入"cmd"命令，输入完成后单击"确定"按钮。

03 输入格式化命令

在打开的命令提示符框内输入格式化命令"Format X："，其中"X"代表盘符，如果要格式化F盘，则输入"Format F："，然后按【Enter】键。

04 确定格式化
按【Enter】键后，即可看到系统开始检查F盘信息，并弹出格式化将丢失该盘所有数据的信息，按【Y】键确定格式化。

05 正在格式化
确定格式化该盘后，系统即开始校检磁盘信息，校检完毕后即开始格式化磁盘分区，并显示格式化进度的百分比。

06 输入卷标
经过一段格式化的过程，格式化操作完成，系统提示输入卷标，用户既可输入卷标也可以直接按【Enter】键进入下一步。

07 完成格式化
按【Enter】键以后，系统开始创建文件系统结构，并显示磁盘空间，至此，整个格式化操作完成。

新手常见问题

1. BIOS的报警声有什么含义？

在平时启动电脑的时候，绝大多数用户可能会听到"嘀"的一声BIOS报警，然后系统正常启动；而在电脑发生故障时，很多用户也会听到电脑的报警声一直响个不停，这些都是BIOS在自检时发出的报警信息。很多时候，电脑发生故障时都会发出报警声，以方便用户辨别并解决故障。

2. CMOS放电是什么意思？

CMOS放电是通过主板上一个跳线来断电清除CMOS芯片里面的信息，现在很多人把这个过程称作清除BIOS信息。也可以通过摘除纽扣电池来实现。作用是在CMOS芯片里的信息出现无法解决或者未知的错误无法正常启动引导系统的时候重新恢复为出厂设置，实现系统正常引导。

3. 刷新BIOS是怎么回事？

BIOS即电脑的基本输入输出系统，是集成在主板上的一个ROM芯片，它提供了电脑系统最基础的功能支持。其中包含了开机引导代码、基础硬件驱动程序、参数设置程序以及一些厂商自主研发的软件等。BIOS的一大特点就是可以用特定的方法来刷新，这就是通常所说的BIOS升级。升级BIOS除了可以获得许多新的功能之外，还可以解决芯片组、主板设计上的一些缺陷，排除一些特殊的电脑故障等。

4. 主分区、扩展分区和逻辑分区分别指什么？

主分区也称为主磁盘分区，和扩展分区、逻辑分区一样，是一种分区类型。主分区中不能再划分其他类型的分区，因此每个主分区都相当于一个逻辑磁盘，在这一点上主分区和逻辑分区相似。但主分区是直接在硬盘上划分的，逻辑分区则必须建立于扩展分区中。

在将硬盘分出主分区后，其余的部分就可以分成扩展分区，一般是剩下的部分全部分成扩展分区，也可以不全分。

逻辑分区是硬盘上一块连续的区域，与主分区的不同之处在于，每个主分区只能分成一个驱动器，每个主分区都有各自独立的引导块，可以用FDISK设定为启动区。

第3章

安装Windows XP

要点导航
■ 了解Windows XP的配置要求
■ 设置光驱启动
■ 手动安装Windows XP系统
■ 创建自动应答文件

Windows XP中文全称为视窗操作系统体验版，是微软公司于2001年8月发布的一款视窗操作系统，原名Whistler。Windows XP也是微软有史以来最成功的产品，在2004年的数据统计中，Windows XP在全世界普通个人电脑操作系统市场上的占有率高达90%。

尽管目前因为各种原因，Windows XP已经进入了半退休状态，但它在世界上依然有着无数的用户。因此，对于新用户来说，学习Windows XP的安装是十分有必要的。

3.1 手动安装Windows XP

Windows XP操作系统是微软公司在2001年8月正式发布的一款全新操作系统，它是基于Windows 2000代码的产品，带有用户图形的登录界面，更有全新的亮丽桌面以及更加友好的操作环境。

关键词 Windows XP、配置要求、手动安装
难 度 ◆◆◆◆◇

3.1.1 安装Windows XP的配置要求

微软最初发行了两个XP的版本：一个是家庭版，即Windows XP Home版；另一个则是专业版，也就是Windows XP Professional版。家庭版主要面对的用户群体是家庭用户，而专业版则在家庭版的基础上添加了提供网络认证、支持双处理器、支持组策略等特性，具有更为强大的功能。

不过因为后期家庭版和专业的价格差异并不是太大以及盗版等其他原因，导致了市场上绝大多数用户使用的都是Windows XP Professional版，如下面两图，分别为Windows XP Home版与Windows XP Professional版的启动画面。

01 Windows XP的最低配置

在安装操作系统以前，用户首先需要做的事情就是了解操作系统所需要的最低硬件配置，以查看自己的电脑是否适合安装新操作系统。

随着硬件技术的不断发展，目前几乎所有的电脑都已经能够很好地支持Windows XP系统运行了。不过在这里还是有必要给出Windows XP的最低配置，如表3-1所示。

表3-1　Windows XP的最低配置

配置名称	最低配置
CPU	时钟频率为300MHz或更高的处理器
物理内存	使用128MB RAM或更高容量可用物理内存
硬盘剩余空间	1.5GB及以上硬盘剩余空间
显卡	SuperVGA(800×600)或分辨率更高的视频适配器和监视器

02 Windows XP的推荐配置

　　Windows XP的最低配置仅仅只够安装Windows XP而已，要想在Windows XP环境下让电脑运行速度变得真正流畅，建议用户采用如表3-2所示的配置或更高配置。

表3-2　Windows XP的建议配置

配置名称	建议配置
CPU	1.5GHz及以上主频的处理器或更高性能的双核处理器
物理内存	512MB及以上可用物理内存
硬盘剩余空间	20GB及以上硬盘剩余空间
显卡	256MB显存及以上的显卡

3.1.2 手动安装Windows XP系统

　　手动安装Windows XP的流程很简单，一般分为设置光盘启动、选择并格式化分区、输入各种配置信息等几个步骤，最后安装完成，具体安装过程如下。

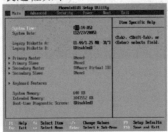

01 进入BIOS设置
　　在启动电脑之后，按进入BIOS的快捷键，进入BIOS设置界面。

02 切换到Boot选项卡
　　通过小键盘的方向键，切换到BIOS设置界面的Boot选项卡下。

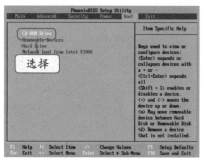

03 设置光驱启动
在Boot选项卡中，根据界面右侧的提示操作，通过"＋"键或"－"键设置CD-ROM Drive为第一启动设备。

04 保存设置
切换到Exit选项卡，然后选择Exit Saving Changes选项，按【Enter】键保存设置。在弹出的询问对话框中选择Yes选项，按【Enter】键确定保存并退出。

05 重启电脑
退出BIOS后，电脑会自动重启。在光驱中放入Windows XP系统安装盘，这样电脑在启动时就将优先从光盘中读取数据了。

06 进入系统安装界面
当电脑读取出系统安装盘中的数据以后，即可进入Windows XP安装界面，按【Enter】键可进入下一步操作。

07 阅读协议
在微软软件最终用户许可协议界面，仔细阅读协议，如同意协议则可按【F8】键进入下一步操作。

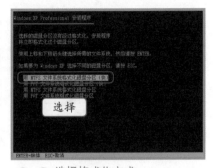

08 选择系统分区

在系统分区选择界面，选择想要装入Windows XP的磁盘分区。按【Enter】键开始安装系统。

09 选择格式化方式

在格式化方式选择界面，建议选择"用NTFS文件系统格式化磁盘分区(快)"选项。按【Enter】键开始格式化分区。

10 复制文件

格式化完毕以后，安装程序便开始复制光盘中的系统安装文件，并显示复制进度。

11 安装系统

当所有需要安装的文件复制完毕后，电脑便会开始进行Windows XP系统的安装，并显示安装剩余时间。

12 设置区域和语言选项

在弹出的区域和语言选项设置界面中，自定义区域和语言设置，单击"下一步"按钮。

13 设置用户个人信息

在切换到的个人信息输入界面，输入姓名和单位名称信息，单击"下一步"按钮。

14 输入产品密钥

在产品密钥输入界面，输入获取的Windows XP系统的"批量许可证"产品密钥，单击"下一步"按钮。

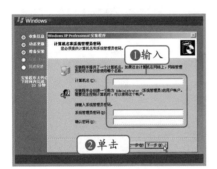

15 输入计算机名与密码

在切换到的计算机名和系统管理员密码输入界面，输入计算机名和密码，单击"下一步"按钮。

16 设置日期与时间

在日期和时间设置界面，输入日期和时间等，单击"下一步"按钮。

17 选择网络设置

在切换到的网络设置界面，单击选中"典型设置"单选按钮，然后单击"下一步"按钮。

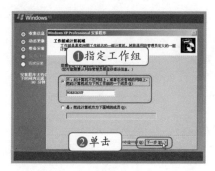

18 指定工作组
在工作组或计算机域界面，
为电脑指定与局域网相对应的工作
组，单击"下一步"按钮。

19 进入欢迎界面
在切换到的Windows欢迎使
用界面，单击"下一步"按钮，继
续进行Windows XP安装设置。

20 选择是否开启自动更新
单击选中"现在通过启用自
动更新帮助保护我的电脑"单选按
钮，单击"下一步"按钮。

21 选择联网方式
在切换到的连接Internet方式
选择界面，建议用户直接单击"跳
过"按钮，以加快系统安装速度。

22 选择是否注册
在注册选择界面，如果用
户暂时不想注册，单击选中"否，
现在不注册"单选按钮，然后单击
"下一步"按钮。

23 设置其他用户

切换到"谁会使用这台计算机"界面,设置使用这台计算机的用户,设置完成后单击"下一步"按钮。

24 完成设置

经过以上设置以后,整个系统安装过程结束,单击"完成"按钮可关闭该界面。

25 安装结束

单击"完成"按钮以后,电脑开始加载启动项目,并进入Windows XP系统。至此,整个Windows XP操作系统的安装过程结束。

3.2 自动安装Windows XP

在安装Windows XP的过程中,系统会要求用户进行一些设置,比如输入序列号、设置用户名等,而无法实现无人值守安装。其实,用户可以通过Windows安装管理器来创建一个自动应答文件,从而在安装时实现真正的无人值守安装。

关键词 应答文件、自动安装

难 度 ◆◆◆◆◇

3.2.1 创建自动应答文件

如果要实现真正的无人值守自动安装,那么首先就需要创建自动应答文件，自动应答文件的创建方法如下。

01 打开安装管理器
打开 Windows XP 系统安装光盘下的"SUPPORT>TOOLS"文件夹，双击或解压DEPLOY文件，然后双击启动解压后的Setupmgr.exe程序。

02 开始配置应答文件
双击Setupmgr.exe文件后，在弹出的"安装管理器"对话框中，单击"下一步"按钮，开始配置应答文件。

03 选择创建文件
在文件选择界面，单击选中"创建新文件"单选按钮，然后单击"下一步"按钮。

04 选择安装类型
在安装的类型选择界面，单击选中"无人参予安装"单选按钮，然后单击"下一步"按钮。

05 选择产品
在Windows产品选择界面，单击选中Windows XP Professional单选按钮，然后单击"下一步"按钮。

06 选择交互类型
在用户交互类型选择界面，单击选中"全部自动"单选按钮，然后单击"下一步"按钮。

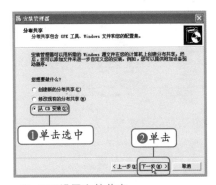

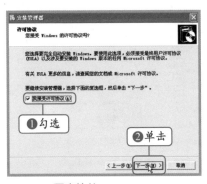

07 设置文件共享
在设置分布共享界面，单击选中"从CD安装"单选按钮，单击"下一步"按钮。

08 同意协议
在许可协议显示界面，如用户同意协议，则勾选"我接受许可协议"复选框，然后单击"下一步"按钮。

09 设置名称和单位
进入"名称和单位"界面，输入想使用的名称和单位，然后单击"下一步"按钮。

10 显示设置
进入"显示设置"界面，为目标计算机选择显示设置后单击"下一步"按钮。

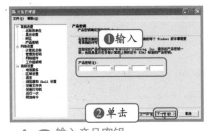

11 设置时区
在时区设置界面，单击"时区"右侧的下三角按钮，选择对应的时区，单击"下一步"按钮。

12 输入产品密钥
在产品密钥输入界面，输入安装系统所需的有效产品密钥，单击"下一步"按钮。

13 设置计算机名

在计算机名称设置界面，输入计算机名，用户也可选择是否根据名称和单位自动生成计算机名。单击"下一步"按钮。

14 设置管理员密码

在管理员密码设置界面输入并确认管理员密码，单击"下一步"按钮。

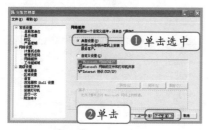

15 选择网络组件

在网络组件选择界面，单击选中"典型设置"单选按钮。单击"下一步"按钮。

16 指定工作组或域

在工作组和域设置界面，为电脑指定与局域网对应的工作组或域，单击"下一步"按钮。

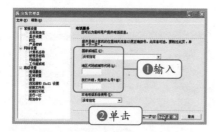

17 设置电话服务

在电话服务设置界面，指定地区并输入电话信息。单击"下一步"按钮。

18 设置区域

在区域设置界面，用户可选择Windows 版本默认区域，也可指定应答文件中的区域设置。单击"下一步"按钮。

19 选择语言

在语言选择界面，从语言组中选择想要使用的语言组。单击"下一步"按钮。

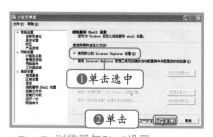

20 浏览器与Shell设置

在浏览器与Shell设置界面，单击选中"使用默认的Internet Explorer设置"单选按钮。单击"下一步"按钮。

21 选择安装文件夹

在安装文件夹界面，单击选中"取名为Windows的文件夹"单选按钮，单击"下一步"按钮。

22 完成设置

设置好安装文件夹以后，直接连续单击"下一步"按钮，跳过后面三步的设置，切换到"附加命令"设置界面。单击"完成"按钮完成设置。

23 打开"另存为"对话框

在弹出的"安装管理器"对话框中，单击"浏览"按钮，打开"另存为"对话框。

24 设置保存文件名及路径

设置文件保存路径，命名文件为"winnt"，并设置文件保存类型为sif，然后单击"保存"按钮。

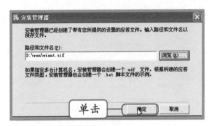

25 确定创建应答文件
关闭"另存为"对话框后，在返回的"安装管理器"对话框中单击"确定"按钮开始创建应答文件。

26 完成创建应答文件
单击"确定"按钮以后，即可看到应答文件创建成功的提示，单击"取消"按钮即可关闭该对话框。

新手提升：认识bat格式文件

bat格式的文件即批处理文件，在MS-DOS中，.bat文件是可执行文件，由一系列命令构成，其中可以包含对其他程序的调用。批处理文件一般是一个文本文件，这个文件的每一行都是一条DOS命令，用户可以使用DOS下的Edit或者Windows的记事本等任何文本文件编辑工具创建和修改批处理文件。

3.2.2 复制到安装文件夹

创建好自动应答文件以后，接下来要做的事情就是将这两个文件复制到指定文件夹，然后再次运行安装光盘，就可以执行全程无人值守安装了，当然前提必须是安装光盘不是只读属性。

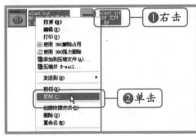

01 复制自动应答文件
右击3.2.1小节中所创建的自动应答文件，在弹出的快捷菜单中单击"复制"命令。

02 粘贴文件
找到安装光盘的"I386"文件夹并双击打开，然后右击文件夹空白处，在弹出的快捷菜单中单击"粘贴"命令即可。

新手常见问题

1. 硬盘容量的大小是怎么计算的？

按照计算机里的换算，1 Bytes = 8 bits；1 KB = 1 024 Bytes；1 MB = 1 024 KB；1 GB = 1 024 MB。但是厂家往往采用更简便的算法，即1 GB = 1 000 MB；1 MB = 1 000 KB，这样的话，硬盘的标识80 GB的实际容量只有80 100 010 000/1 024/1 024/1 024 = 74.59 GB左右，也就是76 380 MB左右。

2. 安装系统的过程中屏幕为什么会闪烁？

安装Windows XP操作系统时，进入Windows页面安装阶段是有几次闪动，就是黑了片刻马上又亮了，这是正常现象。因为系统用的是显示器的默认刷新频率60 Hz，所以会出现闪烁的情况。

3. 安装系统后为什么没有"我的电脑"图标？

Windows XP操作系统安装完成后，在系统桌面上默认只有一个"回收站"图标。如果用户需要将其他的桌面图标显示出来，如显示"我的电脑"图标，则可以右击桌面空白处，在弹出的快捷菜单中单击"属性"命令，弹出"显示属性"对话框，切换至"桌面"选项卡，然后单击"自定义桌面"按钮，如下左图所示。弹出"桌面项目"对话框，切换至"常规"选项卡，在"桌面图标"选项组中勾选要在桌面上显示的图标，如勾选"我的电脑"图标，然后单击"确定"按钮即可，如下右图所示。

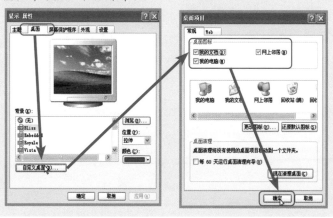

4. 无盘系统是指什么？

无盘系统泛指所有由无盘工作站组成的局域网，相对于普通的电脑来说，无盘工作站可以在没有软驱、硬件、光盘等外部设备支持的情况下启动并运行操作系统。根据不同的启动机制，目前比较常用无盘工作站可分为RPL、PXE及虚拟硬盘等启动类型，目前国内外主流的无盘系统均为基于PXE的虚拟硬盘模式。无盘网络系统可以应用在网络教室，企业内部局域网，以及网吧、酒店、点歌娱乐等行业。

第4章

安装Windows 7

要点导航

- Windows 7系统相关信息
- Windows 7系统的配置要求
- 全新安装Windows 7系统
- 升级到Windows 7

Windows 7是微软继Windows Vista系统之后新研发的操作系统，其风格界面与功能虽与Windows Vista相似，但是却具有更强大的功能，如全新的Aero效果、Jump List等。而且在同等条件下，Windows 7的系统资源消耗要比Windows Vista低很多。该系统自推出以来，已逐渐取代了Windows Vista。

4.1　全新安装Windows 7系统

Windows 7极具灵活性，它将成为微软历史上"最模块化"的操作系统，用户可以选择安装程序。换句话说，用户可以选择Windows 7将含有什么配置，将占多大空间，这一点在微软之前发布的Windows Server 2008系统中已经有所体现。

关键词　Windows 7、全新安装
难　度　◆◆◆◇◇

4.1.1 Windows 7系统相关信息

微软已经宣布Windows 7中将不会包含MinWin核心，这意味着Windows 7将会更加模块化、组件化，而Windows 7也使用了与Windows Vista相同的驱动模型，即基本不会出现类似Windows XP与Windows Vista不兼容的问题。

Windows 7还允许用户在虚拟模式下运行以前的程序，这意味着兼容性问题已经得到了很好的解决。Windows 7还具备触摸功能，将与Windows Live服务和软件、与Windows Mobile等移动设备的整合更为紧密。

Windows 7增加了"HomeGroup"网络支持，内置虚拟硬盘技术。Windows 7将更人性化，不会像Windows Vista那样有一大堆软件要安装，用户可按自己的喜好设定安装什么软件。而且，Windows 7的Aero效果更华丽，有碰撞效果、水滴效果等。

4.1.2 Windows 7系统的配置要求

Windows 7的功能与Windows Vista有着很多相同的地方，同时，在系统配置要求方面，它与Windows Vista也相差无几。

01 Windows 7的最低配置

Windows 7系统运行时占用的系统资源要比Windows Vista更低，因此，使用如表4-1所示的配置就可以安装运行Windows 7系统，不过可能会非常"卡"。

表4-1 Windows 7的最低配置

配置名称	最低配置
CPU	1.6GHz主频的处理器
物理内存	256MB可用物理内存
硬盘剩余空间	12GB硬盘剩余空间
显卡	支持DirectX9的至少64MB显存的显卡

02 Windows 7的推荐配置

据统计,虽然最新发布的Windows 7需要12GB的硬盘空间以及在运行时需要占用275MB以上的内存。不过这比起Windows Vista来说,已经是非常节能了。这对于想使用Windows Vista但是又怕占用大量系统资源的用户来说,实在是具有无与伦比的诱惑力,更何况Windows 7的功能较之Windows Vista只高不低。

然而,也正是由于Windows 7的功能更为强大,因此它的推荐配置要求也较高。Windows 7的推荐配置如表4-2所示。

表4-2 Windows 7的推荐配置

配置名称	推荐配置
CPU	2GHz及以上主频的双核处理器
物理内存	2GB及以上可用物理内存
硬盘剩余空间	20GB及以上硬盘剩余空间
显卡	512MB显存、支持Aero特效、WDDM1.1或更高版本的显卡

除此之外,Windows 7还需要在线激活,如果不激活,Windows 7最多只能使用30天。

4.1.3 全新安装Windows 7系统

从表面上看,Windows 7虽然与Windows XP有很大不同,但它身为Windows家族的一员,其安装风格依然继承了典型的Windows家族风格,简单而易学。除了在安装界面外观上有较大改变外,Windows 7系统安装的基本流程和操作步骤与Windows XP类似。Windows 7系统的安装过程如下。

01 等待读取光盘

设置BIOS为光驱启动,在光驱中放入Windows 7系统的安装光盘,然后重启电脑,等待电脑读取光盘。

02 选择安装语言

启动安装程序后，在弹出的Windows 7安装程序界面中选择要安装的语言，然后单击"下一步"按钮。

03 安装Windows 7系统

选择要安装的语言后，在切换到的界面单击"现在安装"按钮，开始安装Windows 7系统。

04 正在启动安装程序

单击"现在安装"按钮以后，安装程序设置即被电脑启动。

05 接受许可条款

在"请阅读许可条款"界面，仔细阅读许可条款，如同意条款则勾选"我接受许可条款"复选框。单击"下一步"按钮。

06 选择安装方式

在"您想进行何种类型的安装？"界面，单击"自定义(高级)"选项全新安装系统。

07 展开驱动器选项

如果磁盘未分区，单击"驱动器选项(高级)"文字链接，对磁盘进行分区。

08 新建分区

在打开的驱动器选项设置中，单击"新建"文字链接，新建磁盘分区。

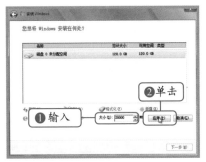

09 输入新建分区大小

单击"新建"文字链接后，在相应的文本框中输入新建磁盘分区的大小。单击"应用"按钮，完成新建分区。

10 创建额外分区

在创建新磁盘分区后，在弹出的"安装Windows"对话框中，单击"确定"按钮，让Windows为系统文件创建额外分区。

11 选择分区

将磁盘分好区以后，选择将要安装Windows 7的磁盘分区，单击"下一步"按钮。

12 复制安装文件
单击"下一步"按钮后,电脑便开始复制各种安装Windows 7系统的相关文件,并开始安装Windows 7。

13 完成安装
经过一段时间的安装过程后,Windows 7系统文件安装完成。

14 重启电脑
Windows 7系统文件安装完成以后,电脑便会自动重启。

15 输入用户名与计算机名
输入用户名与计算机名称,然后单击"下一步"按钮。

16 设置账户和密码
在"为账户设置密码"界面,设置本机账户密码与密码提示,设置完成后单击"下一步"按钮。

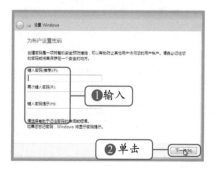

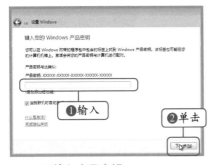

17 输入产品密钥
在"输入您的Windows产品密钥"界面，输入Windows产品密钥，单击"下一步"按钮。

18 设置自动保护
进入"帮助您自动保护计算机以及提高Windows的性能"界面，单击选择"使用推荐设置"选项。

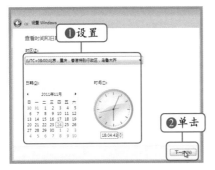

19 设置日期与时间
进入"查看时间和日期设置"界面，设置当前的日期和时间等，然后单击"下一步"按钮。

20 选择计算机的当前位置
进入"请选择计算机当前的位置"界面，设置电脑当前所在的位置，这里单击选择"家庭网络"选项。

21 设置完成
经过以上操作，Windows 7系统的安装设置设定完成，系统开始完成设置，用户耐心等待即可。

22 启动Windows 7
当Windows 7系统设置完成以后，系统进入欢迎界面。

23 登录账户
输入用户个人账户密码，然后单击"登录"按钮。

24 进入系统桌面
系统开始加载启动项，并进入Windows 7系统桌面。

4.2　从Windows XP升级到Windows 7

　　由于微软2007年年初发售的上一代操作系统Windows Vista令人大失所望，因此早在2001年上市的XP操作系统目前仍广泛使用。而Windows 7作为这两款操作系统之后的改良产品，自从其测试版亮相以来，就一直备受用户的关注，不少用户开始尝试着将系统从Windows XP/Vista升级到Windows 7。

关键词　Windows 7、升级安装
难　度　◆◆◆◆◇

　　对Windows XP用户来说，要升级成Windows 7就不是那么容易了。因为操作系统开发的原理不同，在从Windows XP升级到Windows 7的时候，就必须首先删除硬盘上的所有文件。

　　实际上，微软甚至不把Windows XP升级Windows 7的过程称为"升级"，而叫做"清洁安装"或"自定义安装"。用户可以自行清理硬盘，也可以通过Windows 7安装程序自动完成。对Windows XP用户来说，这个过程会失去当前的文件和文件夹结构以及所有的程序。

　　另外，还有一个严重的问题，Windows XP的硬件驱动不能在Windows 7上运行。虽然微软已经表示，可以自动用Windows 7兼容的驱动版本取代数千个较老版本的驱动，但是如果碰到那些没有替代版本的驱动就会比较麻烦。因此，如无必要，建议Windows XP用户尽量不要采用从Windows XP升级到Windows 7的方式。若必须要从Windows XP升级到Windows 7，用户只需在Windows XP系统环境下，将Windows 7安装光盘放入光驱，然后再执行setup.exe就能启动Windows 7安装程序，如下左右图所示，分别为在Windows XP环境下运行Windows 7安装程序，以及在Windows 7安装程序中选择升级安装。

新手常见问题

1. 32位操作系统与64位操作系统有什么区别？

　　32位处理器一次只能处理32位，也就是4个字节的数据，而64位处理器一次就能处理64位，即8个字节的数据。如果我们将总长128位的指令分别按照16位、32位、64位为单位进行编辑的话，旧的16位处理器，比如Intel 80286CPU需要8个指令，32位的处理器需要4个指令，而64位处理器则只要两个指令，显然，在工作频率相同的情况下，64位处理器的处理速度会比16位、32位更快。

2. 怎样辨别Windows 7系统是32位还是64位？

　　对于大部分用户来说，可能很少关心自己的电脑系统是32位操作系统还是64位操作系统。64位操作系统能很好地搭配64位处理器平台，加快电脑运算速度。那么，如何知道自己的电脑到底是32位还是64位操作系统呢？单击桌面"开始"按钮，在弹出菜单的"搜索文件和程序"文本框中输入cmd，然后按【Enter】键，如下左图所示。在弹出的命令提示符界面中，输入"systeminfo"命令，然后按【Enter】键，在显示的扫描信息中，如果系统类型中带有"x86"的字样即为32位操作系统，如带有"x64"的字样则为64位操作系统，如下右图所示。

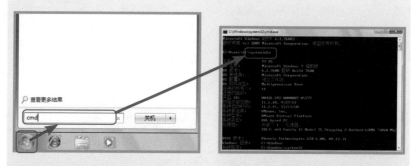

3. 如何知道自己的电脑能否运行Windows 7?

可以运行Windows 7升级顾问(Windows7UpgradeAdvisor)，该软件目前还为Beta版。用户可以到http://www.microsoft.com/windows/windows-7/upgrade-advisor.aspx下载安装。该程序可以对目前运行Windows XP的硬件进行检测，并告诉用户需要哪些改进。

4. 安装过程中会自动创建一个100MB大小的分区，该分区有什么用处?

这个大小为100MB的隐藏分区对于Windows 7至关重要，它保存了系统引导文件和磁盘引导扇区的信息。如果它丢失或者被破坏，对于Windows 7来说将是灾难性的。总的来说，将Windows 7的引导文件保存在一个隐藏分区中无疑增强了其安全性。但是，因为目标单一也容易成为攻击的对象。因此，建议大家不要为该隐藏分区分配驱动器号，这样就能够在较大程度上杜绝人为或者病毒、木马对其造成破坏。

第5章

其他操作系统
的安装

　　对于普通用户来说，Windows家族系列的个人操作系统基本上可以满足绝大多数人的要求。然而，对于使用服务器、大型工作站以及超级计算机等电脑的特殊环境来说，Windows系列的个人操作系统就显得不太实用了。因此，人们专门为这些处于特殊环境下的电脑设计了另外一些操作系统，如Windows Server 2003、Windows Server 2008、Linux等。在本章就将介绍几种其他操作系统的安装过程。

5.1 认识Windows服务器操作系统

Windows服务器操作系统是由全球最大的操作系统开发商——微软公司开发的，它是目前使用最广泛的服务器操作系统，其开发的Windows Server 2003/2008都是服务器操作系统中的经典。

关键词　Windows Server 2003、Windows Server 2008

难　度　◆◆◆◇◇

5.1.1 认识Windows Server 2003

Windows Server 2003是目前微软推出的使用最广泛的服务器操作系统。起初该产品被称作"Windows.NET Server"，几经改名以后，最终被改成"Windows Server 2003"，它于2003年3月28日发布，并在同年4月底上市。

Windows Server 2003共包含四个版本，分别是Windows Server 2003 Web版、Windows Server 2003标准版、Windows Server 2003企业版、Windows Server 2003数据中心版。

01 Windows Server 2003 Web版

Windows Server 2003 Web版的标准全称为Windows Server 2003 Web Edition。如下页左图所示。它被广泛用于构建和存放Web应用程序、网页和XMLWebServices。它主要使用IIS6.0Web服务器，并提供快速开发和部署使用ASP.NET技术的XMLWebservices和应用程序，同时支持双处理器，最低支持256MB的内存，最高支持2GB的内存。

02 Windows Server 2003标准版

Windows Server 2003标准版的标准全称为Windows Server 2003 Standard Edition。如下页右图所示。它的销售目标是中小型企业，支持文件和打印机共享，提供安全的Internet连接，允许集中的应用程序部署，支持4个处理器；最低支持256MB的内存，最高支持4GB的内存。

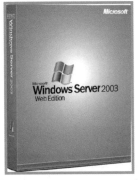 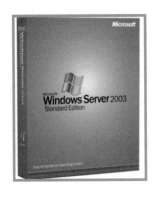

03 Windows Server 2003企业版

Windows Server 2003企业版的标准全称为Windows Server 2003 Enterprise Edition，如下左图所示。

Windows Server 2003企业版与标准版的主要不同在于Windows Server 2003企业版支持高性能服务器，并且可以群集服务器，以便处理更大的负荷。同时，Windows Server 2003企业版在一个系统或分区中可以支持8个处理器，8节点群集，且最高支持32GB的内存。

04 Windows Server 2003数据中心版

Windows Server 2003数据中心版标准全称为Windows 2003 Datacenter Edition，它是针对要求最高级别的可伸缩性、可用性和可靠性的大型企业或国家机构等而设计的，如下右图所示。

Windows Server 2003数据中心版是同系列中最强大的服务器操作系统，其中又分为32位版和64位版。32位版支持32个处理器，支持8点集群；最低要求128MB内存，最高支持512GB的内存。而64位版支持Itanium和Itanium2两种处理器，支持64个处理器与支持8点群集；最低支持1GB的内存，最高支持512GB的内存。

5.1.2 认识Windows Server 2008

Windows Server 2008是微软最新一个服务器操作系统的名称，它继承自Windows Server 2003。Windows Server 2008用于在虚拟化工作负载、为应用程序和保护网络方面的组织提供最高效的平台，它为开发和可靠地承载Web应用程序和服务提供了一个较为安全并且易于管理的平台。不论是从工作组还是到数据中心，Windows Server 2008都做出了较大的改进，并提供了很多极有价值的全新功能。

Windows Server 2008系列包括Windows Server 2008 Standard（标准版）、Windows Server 2008 Enterprise（企业版）、Windows Server 2008 Datacenter（数据中心版）、Windows Web Server 2008（Web服务器版）、Windows Server 2008 for Itanium-Based Systems（Itanium系统版）、Windows Server HPC 2008（高性能计算）。

01 Windows Server 2008 Standard（标准版）

Windows Server 2008标准版是迄今最稳固的Windows Server操作系统，其内置的强化Web和虚拟化功能，是专为增加服务器基础架构的可靠性和弹性而设计，亦可节省时间及降低成本。其系利用功能强大的工具，让用户拥有更好的服务器控制能力，并简化设定和管理工作；而增强的安全性功能则可强化操作系统，以协助保护数据和网路，并可为企业提供扎实且可高度信赖的基础。

02 Windows Server 2008 Enterprise（企业版）

Windows Server 2008企业版可提供企业级的平台，部署企业关键应用。其所具备的群集和热添加（Hot-Add）处理器功能，可协助改善可用性，而整合的身份管理功能可协助改善安全性，利用虚拟化授权权限整合应用程序，则可减少基础架构的成本，因此Windows Server 2008 Enterprise能为高度动态、可扩充的IT基础架构提供良好的基础。

03 Windows Server 2008 Datacenter（数据中心版）

Windows Server 2008数据中心版所提供的企业级平台，可在小型和大型服务器上部署具企业关键应用及大规模的虚拟化。其所具备的群集和动态硬件分割功能，可改善可用性，而通过无限制的虚拟化许可授权来巩固应用，可减少基础架构的成本。此外，此版本亦可支持2~64颗处理器，因此Windows Server 2008 Datacenter能够提供良好的基础，用以建立企业级虚拟化和扩充解决方案。

04 Windows Web Server 2008（Web服务器版）

Windows Web Server 2008是特别为单一用途Web服务器而设计的系统，而且是建立在下一代Windows Server 2008中，坚若磐石的Web基础架构功能的基础上，其整合了重新设计架构的IIS7.0、ASP.NET和Microsoft.NETFramework，以便提供任何企业快速部署网页、网站、Web应用程序和Web服务。

05 Windows Server 2008 for Itanium-Based Systems（Itanium系统版）

Windows Server 2008 for Itanium-Based Systems已针对大型数据库、各种企业和自定应用程序进行优化，可提供高可用性和多达64颗处理器的可扩充性，能满足高要求且具关键性的解决方案的需求。

06 Windows Server HPC 2008（高性能计算）

Windows HPC Server 2008是下一代高性能计算（HPC）平台，可提供企业级的工具给高生产力的HPC环境，由于其建立于Windows Server 2008及64位元技术上，因此可有效地扩充至数以千计的处理器，并可提供集中管理控制台，协助用户主动监督和维护系统健康状况及稳定性。其所具备的灵活的作业调度功能，可让Windows和Linux的HPC平台间进行整合，亦可支持批量作业以及服务导向架构（SOA）工作负载，而增强的生产力、可扩充的性能以及使用简便等特色，则可使Windows HPC Server 2008成为同级中最佳的Windows环境。

5.2　安装Windows Server 2003

作为Windows家族的一员，Windows Server 2003的安装过程与Windows XP、Windows 7系统的安装过程类似。

关键词　安装Windows Server 2003
难　度　◆◆◆◆◇

在安装Windows Server 2003系统以前，用户首先需要准备一张Windows Server 2003的简体中文标准版安装光盘。

其次，如果条件允许的话，建议用户在运行安装程序前用磁盘扫描程序扫描所有磁盘分区检查磁盘错误并进行修复，否则安装程序在运行时，如果检查到磁盘有错误或磁盘有坏道，就会变得很麻烦。最后，如果用户想在安装过程中格式化磁盘分区，建议在在安装之前对分区的数据进行备份。准备好一切之后，接下来就可以安装Windows Server 2003了。

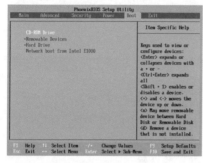

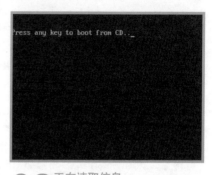

01 设置从光驱启动
启动电脑，进入BIOS，设置第一启动设备为光驱启动，并在光驱中放入Windows Server 2003系统的安装光盘，然后重启电脑。

02 正在读取信息
当重启电脑以后，出现如上图所示画面的时候，按【Enter】键开始安装Windows Server 2003系统。

03 进入安装界面
略等片刻以后，电脑进入Windows Server 2003系统的欢迎安装界面，按【Enter】键继续安装。

04 同意协议
在切换到的"Windows授权协议"界面，仔细阅读微软软件最终用户许可协议，按【F8】键继续安装。

05 选择磁盘分区
通过小键盘的方向键选择将要安装系统的磁盘分区，然后按【Enter】键进入下一步设置。

06 选择格式化方式

在格式化方式选择界面，用户可选择使用FAT格式化分区，也可选用NTFS格式。按【Enter】键进入下一步设置。

07 确定格式化

在格式化确定界面，按【Enter】键确定格式化磁盘分区。

08 正在格式化

按【Enter】键以后，安装程序开始格式化所指定的磁盘分区，并在界面下方显示格式化进度。

09 复制安装文件

格式化分区完毕以后，安装程序开始将文件复制到安装文件夹，并显示复制进度。

10 重启电脑

安装程序将文件复制完毕以后，即准备重启电脑，以进入下一步的安装。

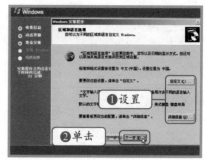

11 开始安装
在重启电脑以后，安装程序即开始安装Windows Server 2003系统。

12 区域和语言设置
在"区域和语言选项"界面，自定义设置区域和语言，单击"下一步"按钮。

13 输入姓名和单位
在"自定义软件"界面，输入个人用户的姓名以及单位，然后单击"下一步"按钮。

14 输入产品密钥
在"您的产品密钥"界面，输入获取到的产品密钥，然后单击"下一步"按钮。

15 输入计算机名与密码
在"计算机名和系统管理员密码"界面，输入计算机名与密码，并确认密码，然后单击"下一步"按钮。

16 设置日期与时间

在"日期和时间设置"界面，设置正确的日期与时间，然后单击"下一步"按钮。

17 网络设置

在"网络设置"界面，如用户无特殊要求，单击选中"典型设置"单选按钮，然后单击"下一步"按钮。

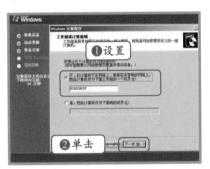

18 设置工作组和计算机域

在"工作组或计算机域"界面，设置适合电脑使用环境的工作组或域，然后单击"下一步"按钮。

19 进入系统登录界面

在Windows Server 2003系统的欢迎界面，按组合键【Ctrl+Alt+Delete】进入系统登录界面。

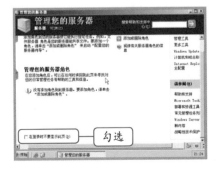

20 显示管理服务器窗口

在第一次登录系统的时候，系统会弹出"管理您的服务器"页面窗口，如果不想每次启动都出现这个窗口，可勾选窗口左下角的"在登录时不要显示此页"复选框。

21 显示Windows 2003桌面
在关闭服务器设置页面或已设置服务器以后，即可进入Windows Server 2003系统的桌面。至此，整个Windows Server 2003系统的安装过程完成。

5.3 安装Windows Server 2008

Windows Server 2008代表了微软下一代Windows Server，它通过加强系统和保护网络环境提高了安全性；通过加快IT系统的部署与维护，使服务器和应用程序的合并与虚拟化更加简单，并提供直观管理工具。

关键词　安装Windows Server 2008
难　度　◆◆◆◆◇

5.3.1 Windows Server 2008的配置要求

为了配合Windows Server 2008能够更好的工作，微软官方网站公布了该系统的硬件配置需求。

01 Windows Server 2008最低配置

作为同期的产品，Windows Server 2008的配置要求与Windows 7相差不多，Windows Server 2008的最低配置要求如表5-1所示。

表5-1　Windows Server 2008的最低配置

配置名称	最低配置
CPU	1.0GHz以上的x86或1.4GHz以上的x64处理器
物理内存	512MB可用物理内存
硬盘剩余空间	10GB硬盘剩余空间
显卡	SVGA800×600分辨率或更高
光驱	DVD-ROM

02 Windows Server 2008推荐配置

作为服务器操作系统，其管理的局域网中可能带有上百台乃至更多的电脑。因此服务器的推荐配置往往要根据实际情况而定，不过一般来说，服务器的推荐配置都要比最低要求配置高得多，Windows Server 2008的推荐配置如表5-2所示。

表5-2　Windows Server 2008的推荐配置

配置名称	推荐配置
CPU	推荐2.0GHz或更高处理器，安腾版则需要Itanium2
物理内存	2GB或更多可用物理内存
硬盘剩余空间	80GB或更大容量的硬盘
显卡	支持SVGA1024×768分辨率或更高
光驱	DVD刻录机

5.3.2 Windows Server 2008的安装

Windows Server 2008与Windows 7的关系如同Windows Server 2003与Windows XP的关系，作为同期的产品，它们不仅在设计上拥有共同点，在安装的过程、界面的风格上也有不少的共同点，Windows Server 2008的安装过程如下。

01 读取相关安装文件
设置BIOS为光驱启动，并在光驱中放入Windows Server 2008的安装盘，然后重启电脑，等待电脑读取Windows Server 2008的相关文件。

02 启动安装程序
在读取到光盘中的相关安装文件后，电脑便会启动Windows Server 2008的安装程序。

03 选择安装语言
在Windows Server 2008系统安装初始界面，选择要安装的语言，然后单击"下一步"按钮。

04 安装系统

选择要安装的语言后，在切换到的界面单击"现在安装"按钮，开始安装Windows Server 2008系统。

05 输入产品密钥

在"键入产品密钥进行激活"界面，输入产品密钥，然后单击"下一步"按钮。

06 选择安装版本

在"选择要安装的操作系统"界面选择想要安装的系统版本，如果无特殊要求，建议用户选择完全安装版。然后单击"下一步"按钮。

07 接受许可协议

在"请阅读许可条款"界面，仔细阅读协议，如同意协议则勾选"我接受许可条款"复选框，然后单击"下一步"按钮。

08 选择安装方式

在安装类型选择界面，选择自定义安装，即全新安装Windows Server 2008系统。

09 选择系统磁盘分区
在"您想将Windows安装在何处?"界面,选择将要把系统装入的分区,然后单击"下一步"按钮。

10 复制安装文件
单击"下一步"按钮后,电脑便开始复制各种安装Windows Server 2008系统的相关文件,并显示安装进度。

11 自动重启
在安装Windows Server 2008的过程中,电脑可能会自动重启数次,这属于正常现象,用户耐心等待即可。

12 完成文件安装
经过一段时间的安装过程后,Windows Server 2008系统安装文件安装完成。

13 进入登录界面
待系统全部安装完毕以后,系统进入图形化登录界面,用户按组合键【Ctrl+Alt+Delete】即可打开登录界面。

14 进入修改密码界面
由于Windows Server 2008系统自身的安全策略因素，用户登录首先必须修改密码，单击"确定"按钮即可修改密码。

15 修改密码
在修改密码界面，输入并确定用户新密码，然后单击"登录"按钮开始登录。

16 登录系统
如果密码修改成功，在登录界面会出现密码修改成功的提示，单击"确定"按钮即可登录系统。

17 显示"初始配置任务"窗口
在第一次登录系统时，系统会弹出"初始配置任务"窗口。

18 显示系统桌面
单击"确定"按钮以后，系统便会进入Windows Server 2008系统桌面。至此，整个Windows Server 2008系统的安装过程完成。

5.4 安装Linux

简单地说，Linux就是一套免费使用和自由传播的类Unix操作系统，它主要用于基于Intel x86系列CPU的计算机。这个系统是由世界各地的成千上万的程序员设计和实现的，其目的是建立不受任何商品化软件的版权制约的、全世界都能自由使用的Unix兼容产品。

关键词　认识Linux、安装红旗Linux 7.0
难　度　◆◆◆◆◇

5.4.1 认识Linux

在最初的设想中，Linux是一种类似Minix的操作系统。1991年4月，芬兰赫尔辛基大学的学生Linus Benedict Torvalds因不满意教学用的Minix操作系统，出于爱好而在低档机上使用的Minix设计了一个系统核心Linux 0.01，但没有使用任何Minix或Unix的源代码。他通过USENET宣布这是一个免费的系统，主要在x86电脑上使用，希望大家一起将它完善，并将源代码放到了芬兰的FTP站点上供人免费下载。

这时的Linux只有核心程序，仅有10 000行代码，仍必须执行于Minix操作系统之上，并且必须使用硬盘开机，还不能称作是完整的系统，但随后这位赫尔辛基大学的学生在comp.os.minix上发布了一则信息，希望全世界的程序员来一起修改和完善Linux。于是，许多专业用户开始加入到开发与完善Linux的行列中来，在这些开发者群体中，不乏优秀的程序员与软件工程师，Linux也因此逐渐发展壮大起来。

经过近二十年的发展，Linux已经逐渐成为全球最为流行的操作系统之一，被广泛应用于服务器、大型工作站、超级电脑以及对电脑有着特殊要求的个人用户群体。

5.4.2 安装红旗Linux 7.0 RC1桌面版

Linux主要作为Linux发行版的一部分而使用，这些发行版由个人、各种组织或团队以及一些商业机构和志愿者组织编写。它们通常包括其他的系统软件和应用软件，一个用来简化系统初始安装的安装工具，以及让软件安装升级的集成管理器。大多数系统还包括了提供GUI界面的XFree86之类的曾经运行于BSD的程序。

一个典型的Linux发行版包括Linux内核、一些GNU程序库和工具、命令行Shell、图形界面的X Windows系统和相应的桌面环境，并包含各种从办公套件、编译器、文本编辑器到科学工具的应用软件等。

目前，较为主流的Linux发行版有Asianux、B2D Linux、Conectiva Linux、Fedora Core、Gentoo Linux、Knoppix Linux、Linux From Scratch等。

其中最著名的发行版本有Debian、红帽、Ubuntu、OpenSuse（原Suse）、Mandriva（原Mandrake）、CentOS、Fedora等。

而在国内的Linux发行版则有红旗Linux、冲浪Linux、蓝点Linux、MagicLinux、Engineering Computing GNU/Linux、新华Linux、共创Linux、中标普华Linux等。其中，很多国内用户都选择使用红旗Linux，红旗Linux 7.0 RC1桌面版的安装过程如下。

01 读取红旗Linux光盘
设置电脑为光盘启动，在光驱中放入红旗Linux的LiveCD光盘，重启电脑后即可看到红旗Linux的启动界面。

02 进入系统初始化界面
在光盘启动画面结束后，系统切换到红旗Linux的初始化界面，保持各项默认设置不变，单击"确定"按钮即可进入下一步。

03 进入LiveCD桌面
单击"确定"按钮后，在切换到的只出现一个硬盘图标的界面，按【Enter】键或单击鼠标即可进入LiveCD桌面。

LiveCD是指那些不需要安装，只需通过CD或者可启动的USB存储设备就能使用的Linux发行版，与Windows PE光盘系统类似。

05　启动红旗Linux安装程序

在弹出的"红旗Linux桌面7"界面，单击"开始安装"按钮，进入安装程序向导。

07　同意协议

在切换到的"证书声明"界面，如果同意协议则单击选中"我接受红旗Linux证书"单选按钮，然后单击"下一步"按钮。

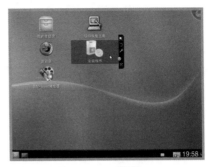

04　显示LiveCD界面

LiveCD自带部分软件和工具，如果用户想完整安装Linux，双击桌面的"安装程序"图标即可开始安装红旗Linux 7.0。

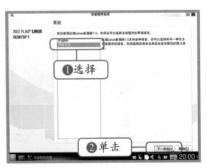

06　选择安装语言

在切换到的"欢迎"界面选择"简体中文"选项，然后单击"下一步"按钮。

08 选择分区方式
在"分区方式"界面，如用户不想手动分区，则选"自动方式"或"简易方式"来分区，然后单击"下一步"按钮。

09 查看安装前的总结
单击"下一步"按钮后，安装向导即会显示出安装前的总结信息，如用户核对无误，则单击"下一步"按钮开始安装系统。

10 正在安装红旗Linux 7.0
单击"下一步"按钮以后，安装程序向导即开始安装红旗Linux 7.0，并显示安装进度。

11 安装过程结束
经过一段时间的安装过程以后，红旗Linux 7.0安装过程结束，单击"下一步"按钮进入系统设置过程。

12 设置用户名和密码
在"设置密码和添加用户"界面，设置超级用户的密码以及添加新用户，设置完成后单击"下一步"按钮。

13 正在配置
单击"下一步"按钮以后，安装程序即开始对用户所做的设置进行配置。

14 安装成功
稍等片刻以后，配置完成，系统显示出安装成功的提示，保持默认设置，单击"完成"按钮。

15 设置硬盘启动
重启电脑时，如果光盘还在光驱中，在看到第一个图形界面时按【Enter】键，选择"Boot from local drive"项，然后按【Enter】键。

16 选择系统
按【Enter】键以后，系统便会开始检测系统，在系统选择界面选择"Red Flag Linux Desktop 7.0"系统，按【Enter】键进入。

17 启动系统
按【Enter】键以后，系统便会开始加载启动项，启动红旗Linux 7.0系统。

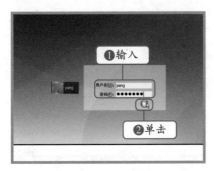

18 输入用户名和密码

在随后进入的登录界面中，输入用户名以及密码，然后单击"登录"按钮。

19 显示欢迎界面

安装红旗Linux 7.0系统以后，在第一次启动系统的时候，系统便会弹出欢迎界面，单击"退出"按钮即可关闭此页面。

20 显示红旗Linux 7.0桌面

关闭欢迎界面后，即可看到红旗Linux 7.0的个性桌面。至此，整个红旗Linux 7.0的安装过程结束。

新手常见问题

1. 安装Windows Server 2003时应该注意哪些问题？

首先，要看你的电脑是不是够安装的资格。如果是要全新安装，就要看电脑硬盘和CPU，硬盘要有1GB的活动空间，而CPU要在550MHz以上，内存要在256MB以上。如果是要升级安装，则系统必须是Windows Server 4.0以上。如果检查都合格，还要看想要安装哪个版本，因为Windows Server 2003系列有四个版本：标准版、企业版、数据库和Web版。如果想建网站，可选Web版的，如果是在企业中则视情况而定。

2. Windows Server 2008有什么新特点？

Windows Server 2008是微软公司推出的一个改进的操作系统，主要是在Windows Server 2003 SP1的基础上改进而来的。其具有以下一些新的特点：

（1）具有更强的控制力：使用Windows Server 2008，IT专业人员能够更好地控制服务器和网络基础结构，从而可以将精力集中在处理关键业务需求上，通过服务器管理器进行的基于角色的安装和管理简化了在企业中管理与保护多个服务器角色的任务。服务器的配置和系统信息是从新的服务器管理器控制台这一集中位置来管理的，IT人员可以仅安装需要的角色和功能，向导会自动完成许多费时的系统部署任务。

（2）具有更强大的保护能力：Windows Server 2008提供了一系列新的和改进的安全技术，这些技术增强了对操作系统的保护，为企业的运营和发展奠定了坚实的基础。Windows Server 2008提供了减小内核攻击面的安全创新，因而使服务器环境更安全、更稳定。

（3）快速关机服务：Windows的一个很大历史问题就是关机过程缓慢。在Windows XP中，一旦关机开始，系统就会开始一个大约20秒钟的计时，之后再提醒用户是否需要手动关闭程序，而在Windows Server里，这一问题的影响会更加明显。因此，在Windows Server 2008中，20秒钟的倒计时被一种新服务所取代，可以在应用程序需要被关闭的时候随时发出关闭信号。

（4）核心事务管理器：对开发人员来说，这项功能尤为重要，因为它可以大大减少甚至消除多个线程试图访问同一资源的情况，从而大幅度提高了系统注册表或者文件系统的稳定性。

（5）SMB2网络文件系统：在很久以前，Windows就引入了SMB作为网络文件系统，不过对于目前的新版本来说，SMB现在已经过时了，因此Windows Server 2008采用了SMB2，以便更好地管理体积越来越大的媒体文件。

在微软的内部测试中，SMB2媒体服务器的速度可以达到Windows Server 2003的4~5倍，相当于400%的效率提升。

（6）ServerCore：作为服务器操作系统，一直以来Windows Server颇为诟病的地方就是"Windows"。对于服务器管理员来说，他们并不需要安装图形驱动、DirectX、ADO、OLE等，因为他们不需要运行用户程序。另外，图形界面也一直是影响Windows稳定性的重要因素。

不过，从Windows Server 2008开始，这些东西都将成为安装时的可选项。目前的版本已经可以处理8个以上的角色，如文件服务器、域控制器、DHCP服务器、DNS服务器等，其定位也非常清楚，即安全稳定的小型专用服务器。

3．Linux操作系统的磁盘分区格式有哪些？

Linux操作系统的磁盘分区格式与其他操作系统完全不同，共有两种：一种是Linux Native主分区，一种是Linux Swap交换分区。这两种分区格式的安全性与稳定性极佳，结合Linux操作系统后，死机的机会大大减少。但是，目前支持这一分区格式的操作系统只有Linux。

4．Unix操作系统与Linux有什么区别？

Unix是一个功能强大、性能全面的多用户、多任务操作系统，在一些大型系统和网络中使用。而Linux则是一种外观和性能与Unix相同或更好的操作系统，但Linux不源于任何版本的Unix的源代码，并不是Unix，而是一个类似于Unix的产品。Linux更多的是用于个人计算机。Linux是模仿Unix界面和功能的操作系统，但是源代码和Unix一点关系都没有。换句话讲，Linux不是Unix，但是很像Unix。另外，他们还有两大区别：一是Unix系统大多是与硬件配套的，而Linux则可运行在多种硬件平台上；二是Unix是商业软件，而Linux是自由软件，免费公开源代码的。

第6章

多操作系统的安装

　　多操作系统就是指在一台电脑中安装两个或两个以上的操作系统，在不同的操作系统中可以执行其他操作系统中无法执行的任务或体验其他操作系统不具有的功能，多操作系统可以满足不同用户的不同需求。

　　在电脑中安装多操作系统，不但可以为用户营造多个操作系统的环境，也方便用户对电脑系统进行管理与维护。在本章中，就将介绍多操作系统的安装原理以及过程。

```
                        Windows 启动管理器

选择要启动的操作系统，或按 Tab 选择工具:
(使用箭头键突出显示您的选择，然后按 Enter。)

早期版本的 Windows
Windows 7


若要为此选择指定高级选项，请按 F8。
自动启动突出显示的选择之前剩余的秒数:        4


工具:
```

6.1　多操作系统安装基础知识

多操作系统可以为用户提供不同的操作环境，用户可以在适合工作的操作系统环境下工作，也可以在休闲的操作系统下娱乐。在安装多操作系统之前，用户需要对多操作系统的概念有一个大概的了解，并对多操作系统在电脑中的共存原理具有一定了解。

关键词　多操作系统、安装

难　度　◆◆◆◆◇

6.1.1　多操作系统共存原理

按照电脑使用硬盘数量的不同，多操作系统的安装可以分为单硬盘安装和多硬盘安装两种。

01 单硬盘安装多操作系统

如果电脑中只安装了一块硬盘，那么用户在这块硬盘上安装多操作系统就不用进行太多的设置。在同一硬盘上安装多操作系统又可以分为全新安装与覆盖安装两种情况。

全新安装多操作系统

在进行全新安装多操作系统时，一般遵循从低版本到高版本的安装顺序，这样安装的好处就是可以避免启动菜单的丢失，用户也不用通过专业软件或修改系统设置来修复启动菜单，从而简化了系统安装的工作量。

目前，绝大多数的用户都是采用这种方式来安装多操作系统。全新安装多操作系统的基本流程如下：

（1）　设置电脑启动设备顺序；

（2）　对磁盘进行分区以及格式化；

（3）　安装第一系统到第一分区；

（4）　安装第二系统到第二分区，如有必要则重启电脑；

（5）　安装第三系统到第三分区，如有必要则重启电脑；

（6）　修改启动设备顺序为硬盘启动。

覆盖安装多操作系统

覆盖安装多操作系统即在同一分区下安装多操作系统，这种安装方式可以节约一定的硬盘空间，但是对多系统的管理以及维护却十分不便，同时，如果某个系统崩溃，极有可能会导致所有系统发生故障。因此，在目前硬盘容量都普遍较大的情况下，基本上已经没有人采用这样的安装方式了。

02 多硬盘安装多操作系统

如果电脑中有两块或两块以上的硬盘，并且其中的两块或两块以上的硬盘都需要安装不同的操作系统，那么用户就需要在CMOS中指定硬盘的启动顺序，以实现多系统的共存。

在多块硬盘中安装不同操作系统的好处就是：因为各个操作系统之间互不影响，所以这种安装类型完全不受兼容性以及数据关联性等其他因素的影响。设置主启动硬盘的方法如下。

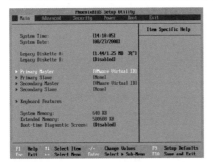

01 选择Primary Master项
启动电脑，在进入自检画面之后按【Del】键，进入BIOS设置界面，选择Main选项卡下的Primary Master项，并按【Enter】键打开。

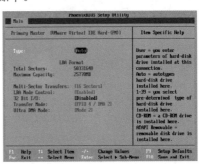

02 设置硬盘主从关系
在Primary Master设置界面，可以看到该硬盘的容量等情况，选择Type项后按【Enter】键即可设置硬盘的主从关系。

6.1.2 多操作系统安装注意事项

在单硬盘中安装多个操作系统，如果要想使安装过程变得简单，并使多个操作系统能同时运行，用户应注意以下事项。

（1）在安装多系统的时候，尽量遵循从低版本到高版本的顺序，这样可以避免启动菜单的丢失以及一些其他常见故障。

（2）尽量使每个操作系统都单独存在于一个系统分区，即使它们是同一系列的操作系统，这样可以避免文件冲突。

（3）在对分区进行格式化的时候，要注意分区的文件系统格式，

Windows 98只支持FAT格式，而Windows 2000/XP则可以支持FAT32和NTFS两种文件格式，而Windows Vista/7则只支持NTFS格式，Linux则大多采用ext3格式。因此，用户在选择系统分区文件格式的时候，一定要注意对应相应的操作系统。

（4）在DOS环境安装操作系统时，有些系统会被默认安装到C盘，如果C盘中已经安装了操作系统，C盘中的原有文件就会被覆盖。

（5）在安装多操作系统之前，尽量规划好磁盘分区，如果安装双系统，建议分配至少两个以上的磁盘分区，如果安装三系统，则至少要分配三个以上的系统分区。

6.2　安装双操作系统

　　双操作系统是最简单的多操作系统安装方式，目前较为常见的双操作系统有Windows XP/7，Windows XP/Server 2008，Windows XP/Linux等。在Windows 7还未发行正式版的时候，Windows XP/Vista是被用户使用得较多的双系统。

关键词　Windows XP/7的安装、Windows XP/Server 2008的安装、Windows XP/Linux的安装
难　度　◆◆◆◆◆

6.2.1　Windows XP/7的安装

　　Windows XP/7双系统的安装分为两种情况：一种是在Windows XP环境中安装Windows 7；另外一种则是在Windows 7环境中安装Windows XP。

　　在Windows XP中安装Windows 7的时候，既可以从光盘启动安装，也可以在Windows XP环境下放入Windows 7系统盘来安装。

01 启动Windows 7安装程序
在Windows XP操作系统中，将Windows 7系统的安装光盘放入光驱，然后打开光盘文件夹，双击setup.exe图标。

02 选择安装语言

启动安装程序后，在弹出的Windows 7安装程序界面，选择要安装的语言，然后单击"下一步"按钮。

03 安装Windows 7系统

启动Windows 7安装程序，选择安装语言后，切换到Windows 7安装界面，单击"现在安装"按钮即可进行安装。

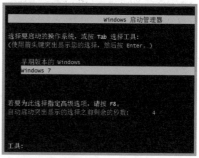

04 选择系统分区

单击"现在安装"按钮后，根据提示继续设置，并在后面切换到的"您想将Windows安装在何处？"界面选择将Windows 7安装到与Windows XP系统分区不同的磁盘分区，然后单击"下一步"按钮安装Windows 7。

05 安装完成

经过一段时间的安装过程后，Windows 7系统安装完成，重新启动电脑后即可在系统启动界面看到Windows 7系统与Windows XP系统共存的启动菜单。

6.2.2　Windows XP/Server 2008的安装

Windows Server 2008是微软继Windows Server 2003后推出的新一代服务器操作系统。因此，不少用户开始在自己的电脑上安装Windows

XP/Server 2008的双系统，这样既可以在工作的时候让电脑在Windows Server 2008系统环境下发挥服务器的功能，又可以在休闲的时候切换到XP系统下娱乐。

Windows Server 2008是与Vista同期的产品，因此在安装Windows XP/Server 2008时建议用户先装Windows XP，再装Windows Server 2008，这样可以自动生产双系统启动菜单。

01 读取相关安装文件
设置BIOS为光驱启动，并在光驱中放入Windows Server 2008的安装盘，然后重启电脑，等待电脑读取Windows Server 2008系统安装的相关文件。

02 启动安装程序
在读取到Windows Server 2008系统安装的相关文件后，电脑便会启动Windows Server 2008安装程序。

03 选择安装语言
在Windows Server 2008系统安装界面，选择要安装的语言，然后单击"下一步"按钮。

04 安装系统
选择要安装的语言后，切换到系统安装界面，单击"现在安装"按钮，开始安装Windows Server 2008系统。

05 选择系统分区
单击"现在安装"按钮后，根据提示继续设置，并在后面切换到的"您想将Windows安装在何处？"界面选择将Windows Server 2008安装到与XP系统分区不同的磁盘分区，然后单击"下一步"按钮安装Windows Server 2008。

06 安装完成
经过一段时间的安装过程以后，Windows Server 2008系统安装完成，重新启动电脑后即可在系统启动界面看到Windows Server 2008系统与Windows XP系统共存的启动菜单。

6.2.3 Windows XP/Linux的安装

Linux作为全球最大的源代码公开操作系统，不但功能强大，其系统安全性也非常高，因此，不少用户在安装了一个Windows系统之后，也十分愿意再安装一个Linux系统。

01 为Linux系统预留磁盘空间

可能很多用户在听到Linux的时候会觉得很复杂，其实不然，Windows XP/Linux双系统的安装过程与前面几种双系统的安装过程非常类似。而唯一不同的是，Linux不能识别Windows系统下的分区，因此用户需要注意给Linux预留足够的磁盘空间。

01 读取XP光盘信息
设置BIOS为光驱启动，将Windows XP系统安装盘放入光驱，重启后电脑即开始读取光盘数据。

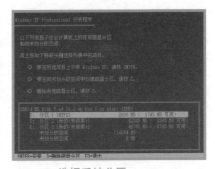

02 启动安装程序

当电脑启动Windows XP安装程序后，在切换到的系统安装界面按【Enter】键即可进入下一步操作。

03 选择系统分区

启动Windows XP安装程序以后，进入磁盘分区界面，首先给Windows XP系统分区，并为Linux预留足够的磁盘空间，然后选择C盘按【Enter】键。

04 选择文件系统

在切换到的界面选择"用NTFS文件系统格式化磁盘分区（快）"选项，然后按【Enter】键格式化该分区。

05 格式化系统分区

格式化系统以后，安装系统开始安装Windows XP系统，之后的与全新安装Windows XP系统相同。

新手提升：Linux不会识别Windows分区

虽然在安装一些Linux版本时可以使用Windows系统的分区，但是在系统安装完成后，在Linux环境中依然无法显示和使用Windows空间。因此在安装Windows XP系统之前，为Linux系统预留一定磁盘空间是非常有必要的。

02 在Windows XP环境中安装Linux系统

因为Linux和Windows系列操作系统的设计原理有很大不同，不过为了简化用户操作，建议用户先安装Windows XP，再安装Linux。

01 读取红旗Linux光盘
设置电脑为光盘启动，在光驱中放入红旗Linux的LiveCD光盘，重启电脑后即可看到红旗Linux的启动界面。

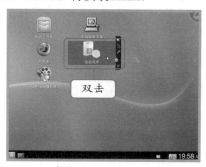

02 安装Linux系统
在进入LiveCD桌面以后，双击桌面的"安装程序"图标即可开始安装红旗Linux 7.0。

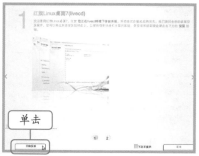

03 启动安装程序
在弹出的"红旗Linux桌面7"界面，单击"开始安装"按钮，进入安装程序向导。

04 选择安装语言
在选择安装语言"欢迎"界面，单击选择"简体中文"选项，然后单击"下一步"按钮。

05 同意协议
在"证书声明"界面，单击选中"接受红旗Linux证书"单选按钮，然后单击"下一步"按钮。

06 选择分区方式

在"分区方式"界面，单击选中"高级方式"单选按钮，然后单击"下一步"按钮。

07 创建根目录分区

在"分区：高级方式"界面，选择未分配磁盘空"简易方式"来分区，然后单击"创建"按钮为Linux系统创建分区。

08 选择挂载点

在弹出的创建磁盘分区界面，单击"挂载点"右侧的下三角按钮，在弹出的下拉菜单中选择"/"选项。

09 设置其他分区选项

指定文件系统类型为ext3，并且指定该分区的大小。因为挂载点"/"就是指主分区，建议用户分配4GB以上空间大小，然后单击"确定"按钮。

温馨提示

挂载点就是Linux中的磁盘文件系统的入口目录，类似于Windows中用来访问不同分区的C:、D:、E:等盘符。其实XP系统也支持将一个磁盘分区挂在一个文件夹下面，只是用户对于C:、D:这样的盘符操作习惯了，一般没有将分区挂载到文件夹。

10 创建Swap分区

创建根目录主分区以后，继续选中未分配空间，单击"创建"按钮。

11 设置分区选项

在分区选项设置界面，设置该分区文件系统类型为linux-swap，并指定分区大小，分区大小一般不超过物理内存的两倍，单击"确定"按钮。

12 开始安装系统

建立好磁盘分区以后，用户可直接单击"下一步"按钮，进入下一步设置。

13 显示用户总结

单击"下一步"按钮以后，用户即可看到在安装系统前的总结，如果核对无误，单击"下一步"按钮即可开始安装Linux系统。

14 正在安装Linux 7.0

单击"下一步"按钮以后，安装程序即开始安装Linux系统，并显示安装进度，用户耐心等待即可。

15 安装过程结束
经过一段时间的安装过程以后，红旗Linux 7.0安装过程结束并弹出提示，单击"下一步"按钮可进入系统设置。

16 显示启动菜单
当安装完成以后，在系统启动时，电脑就会弹出选择系统的双系统启动菜单，用户可以在启动菜单中选择想要进入的操作系统。

新手常见问题

1．为什么安装多个Windows系统后，没有多重启动菜单供选择，而是直接进入了某个Windows版本呢？

这是安装的时候不注意按Windows的低版本到高版本的安装原则造成的，加上如果两个Windows同处一个分区，某些关键的引导文件会被覆盖，造成多重启动菜单不正常。或者是有的人用直接格式化C盘的方式，来安装新版本的Windows，破坏了其中多重引导要用到的文件。

2．安装多操作系统应怎样划分磁盘分区？

在安装多操作系统之前，应尽量规划好磁盘分区。如果安装双系统，建议分配至少两个以上的磁盘分区，如果安装三系统，则至少要分配三个以上的系统分区。并且在安装多系统时，应该将每个系统单独安装在一个独立分区上。

3．怎样正确连接双硬盘？

首先需将两块硬盘都连到IDE数据线上，其中IDE数据线上末端的接口默认第二接口，中间位置的接口默认是主接口。其次需调整硬盘跳线，将一个硬盘设置成主硬盘(接在IDE数据线中间接口上的)，另一个硬盘设置成从硬盘(接在IDE数据线末端接口上的)。然后开机进入BIOS看看硬盘是否能够正确识别，如果识别无误，保存设置并退出即可。

4．在Windows 7中安装Windows XP后为什么无法启动Windows 7？

在Windows 7中安装Windows XP后，系统将会覆盖原本Windows 7系统中MBR存储的开机启动信息，从而抢走开机主导权。同时，又因为Windows XP系统采用的控制启动菜单的boot.ini文本记录方式与Windows 7采用的BCDEDIT编程方式不同，这就造成了Windows XP系统不能识别Windows 7系统，因此不会自动生成多重开机菜单，而是直接进入Windows XP系统，从而导致了Windows 7系统的无法进入。而要恢复双系统启动菜单，则只有通过相应的设置才能恢复，这可以借助BCDautofix工具软件来进行修复。BCDautofix软件是一个非安装软件，直接双击即可运行，运行后用户只需按任意键，如下左图所示。该软件即可自动寻找Windows相应版本的引导程序，并且进行修复，如下右图所示。

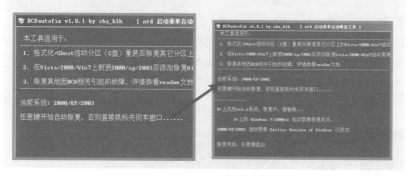

第7章

多操作系统的卸载

在为电脑安装多个操作系统以后，不少用户可能会因为各种各样的原因，又想卸载掉其中的一个或两个操作系统。

操作系统的卸载并不像文件的删除那样随意，除了对操作系统的文件进行删除以外，还有可能会删除启动菜单或修复引导。如果卸载操作系统的方法不正确，很可能会导致剩下的系统也无法进入。在本章中，就将介绍多操作系统卸载的相关知识。

要点导航
- 操作系统卸载基础知识
- 卸载Windows XP/7
- 卸载Windows XP

7.1　多操作系统卸载基础知识

卸载多操作系统并不是指将某个操作系统所在磁盘分区格式化就可以完成的，它还需要进行很多其他方面的操作。因此在卸载多操作系统之前，用户需要对多操作系统卸载知识具有一定的了解。

关键词　操作系统卸载、注意事项、准备工作
难　度　◆◆◆◇◇

7.1.1　多操作系统卸载注意事项

在卸载多操作系统之前，为了防止意外状况的发生，用户需要对各种重要的数据进行备份。

01 数据备份

硬盘中最宝贵的数据莫过于用户的工作成果了，诸如Office文档、图片资料、电子邮件、MSN与QQ聊天记录、收藏夹及一些应用程序的设置数据等。用户在卸载操作系统以前，应该对这些数据进行备份。

如果卸载一个操作系统后又重新安装了该操作系统，那么用户要对系统中安装的一些应用程序重新进行设置，这是一个非常烦琐的过程。要避免重新设置应用程序的麻烦，用户就可以在卸载操作系统前对这些应用程序的用户配置进行备份。

另外，许多应用程序都会在Windows的安装目录中创建自己的配置信息文件，这些文件的扩展名一般都是.ini，如Winamp的注册信息文件就是Windows安装目录下的Winamp.ini。只要用资源管理器打开当前操作系统的安装目录，在窗口中右击鼠标选择"排列图标>类型"命令，让所有扩展名为.ini的配置文件都排列在一起，然后选中所需的配置文件，把它们复制到其他磁盘即可。

而且，如果电脑中同时安装有多个不同版本的Windows系统，为了节省磁盘空间，用户很可能会在多个环境里共用某些程序。如果多个操作系统共用的应用程序正好安装在要卸载的操作系统的磁盘中，那么对操作系统的相关目录进行删除或对该分区直接进行格式化操作，可能会将这些应用程序破坏，影响用户从其他系统中调用这些应用程序，因此在卸载操作系统前备份多系统共用的应用程序是非常有必要的。

02 驱动备份

除了数据备份，驱动程序备份也是用户最应该注意的地方。在对驱动程序进行备份的时候，既可以采用手动提取驱动程序的方式，也可以采用驱动精灵等辅助软件进行驱动备份。手动备份提取驱动程序的方法如下所示。

01 打开"计算机管理"窗口

右击"我的电脑"图标，在弹出的快捷菜单中单击"管理"命令。

02 打开设备管理器

在打开的"计算机管理"窗口中，单击展开"设备管理器"选项。

03 打开设备属性

在展开的设备管理器列表中，右击想要备份驱动程序的硬件，在弹出的快捷菜单中单击"属性"命令。

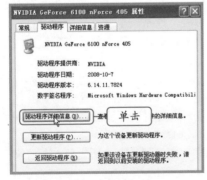

04 查看驱动程序详细信息

在打开的设备属性对话框中，切换到"驱动程序"选项卡，然后单击"驱动程序详细信息"按钮。

05 显示驱动程序文件信息

经过以上操作以后，用户即可在弹出的"驱动程序文件详细信息"对话框中看到驱动程序文件的详细路径。然后按照这个路径打开这些文件夹，将其中所有的驱动程序文件提取出来即可。

7.1.2 多操作系统卸载的准备工具

在卸载多操作系统的时候，用户很可能需要许多工具和软件来防止意外情况的发生，常见的工具和软件有：Windows 98/XP启动盘、Windows XP/7/Server 2003/Server 2008/Linux系统的安装光盘、VistaBootPRO、EasyBCD等。

7.2 卸载Windows XP/7

当电脑中同时安装有Windows XP和Windows 7操作系统时，用户可以随时在这两个系统中切换使用。当用户不需要双系统时，则可以将不需要的一个系统从电脑中卸载。下面就将介绍Windows XP/7的卸载方法。

关键词 Windows XP、Windows 7
难　度　◆◆◆◇◇

7.2.1 Windows XP/7卸载注意事项

由于Windows XP系统采用的开机引导管理机制与Windows 7不同，因此用户在卸载Windows XP/7的时候，一定要根据实际情况采取不用的卸载方式。不过，无论使用什么方法来卸载系统，用户都先要理解以下两点。

01 MBR信息不变

不论用户的Windows 7是先装还是后装的，无论是装在C盘、D盘或E盘等，存储开机记录的MBR都是独立在这些分区之外的，除非用户后来又安装了其他系统改写了MBR信息或使用其他手段修改了MBR内容，否则即使将Windows 7系统分区格式化，Windows 7的开机管理功能仍然存在，这也是造成卸载了Windows 7但是启动菜单依然存在的原因。

02 C盘下启动文件不变

Windows XP系统有三个必要的开机管理文件，分别是Boot.ini、ntldr和NTDETECT.COM，它们被固定放于C盘的根目录下。即使是将Windows XP安装在其他磁盘分区，系统也会在C盘生成这三个文件。如果Windows 7被安装在C盘，用户在卸载时直接将C盘格式化，那么就会导致系统文件丢失，最终连XP系统也无法进入。

7.2.2 卸载Windows 7

Windows 7的卸载分为两种情况：一种是Windows XP安装在C盘，Windows 7安装在其他分区；另一种则是Windows 7安装在C盘，而Windows XP安装在其他分区，两种情况分别具有不同的卸载方法。

01 Windows 7在D盘，Windows XP在C盘

在这种情况下要卸载Windows 7十分简单，用户可以先将Windows 7的启动菜单删除，然后再在Windows XP环境中将Windows 7所在的D盘格式化就可以了，具体步骤如下所示。

01 单击"运行"命令

启动到Windows XP系统，在电脑光驱中放入Windows 7的安装光盘，然后单击"开始>运行"命令。

02 执行cmd命令

弹出"运行"对话框，在"打开"文本框中输入cmd命令，然后单击"确定"按钮。

03 执行命令D：

打开命令行窗口，输入光驱所在盘符D：，然后按【Enter】键。

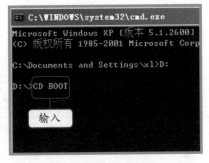

04 执行命令CD BOOT

进入光驱所在盘符，输入CD BOOT，然后按【Enter】键。

05 执行命令
进入boot目录，输入BOOTSECT/nt52 sys，按【Enter】键。

06 删除启动管理器
此时，即可将双系统共享使用的启动管理器删除。

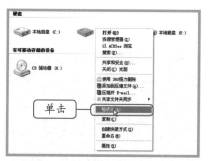

07 重启电脑
再次重启计算机，即可发现双系统的启动菜单已经消失了，直接进入XP系统。

08 格式化系统分区
在Window XP环境下，找到Windows 7所在的磁盘分区，然后直接将该磁盘分区格式化即可。

02 Windows 7在C盘，Windows XP在D盘

如果Windows 7在C盘，而Windows XP在D盘或其他分区时，用户就不能直接格式化C盘了。因为Windows XP开机所需要的文件都是保存在C盘中，如果直接格式化C盘，虽然卸载了Windows 7系统，却也导致了Windows XP系统无法进入。

因此，在这种情况下，用户在删除C盘系统文件的时候，需要先保留C盘下的NTDETECT.COM、ntldr和Boot.ini这三个文件，然后进入故障修复控制台，修复扇区即可完成卸载。具体步骤如下所示。

01 保留Windows XP文件
启动电脑到Windows XP操作系统，然后将C盘中的多余文件删除，只保留NTDETECT.COM、ntldr和Boot.ini三个文件。

02 进入恢复故障控制台
在光驱中放入Windows XP的系统安装盘，并设置从光驱启动，然后重新启动电脑，在程序安装界面中按【R】键。

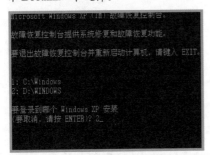

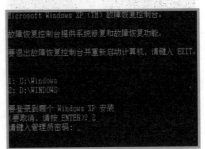

03 选择要进入的操作系统
进入故障恢复控制台，在系统选择界面中输入代表Windows XP系统所在分区的数字键，按【Enter】键。

04 输入管理员密码
选择系统以后，在下面行中输入管理员密码，然后按【Enter】键，如果密码为空，则直接按【Enter】键。

05 执行修复引导记录命令
成功登录系统后，在光标处输入修复引导命令finxboot命令，然后按【Enter】键。

06 确定修复扇区
此时，故障恢复控制台会提示用户是否要修复C盘的启动扇区，输入字母y，然后按下【Enter】键。

07 完成修复扇区
按下【Enter】键后，故障恢复控制台即可开始修复扇区，修复完成后，输入命令exit，然后按【Enter】键即可退出故障恢复控制台。

7.2.3 卸载Windows XP

Windows XP的卸载也分为两种情况：一种是Windows 7安装在C盘，Windows XP安装在其他分区；另一种则是Windows XP安装在C盘，Windows 7安装在其他分区，两种情况分别具有不同的卸载方法。

01 Windows XP在D盘，Windows 7在C盘

当Windows XP在D盘而Windows 7在C盘时是最简单的情况，用户直接格式化D盘就可以卸载Windows XP。因为NTDETECT.COM、ntldr和Boot.ini会自动生成在C盘，用户在格式化D盘以后再将C盘中的文件清理掉即可完成卸载。

02 Windows XP在C盘，Windows 7在D盘

当Windows XP在C盘，而Windows 7在D盘时候，用户不能直接格式化C盘，因为Windows 7的部分开机启动信息是保存在C盘的，直接格式化C盘将会导致Windows 7无法进入。最保险的办法就是从Windows 7光盘引导进入，在安装环境下格式化C盘，然后再修复启动菜单。

当格式化C盘以后，因为删除了Windows 7系统的部分启动信息，所以需要修复系统启动。值得注意的是，修复系统有一定的风险，并不是所有的系统启动故障都可以通过启动修复来解决的。因此如果用户不想再使用多系统，并不需卸载Windows XP，只需要备份重要的数据资料，

然后格式化C盘与D盘，重新安装Windows 7系统就可以了。下面介绍修复系统的方法。

01 从光驱启动

设置电脑为光驱启动，并在光驱中放入Windows 7的系统盘，然后重启电脑并等待电脑读取相关信息。

02 选择修复计算机

当电脑启动Windows 7系统的安装程序以后，在Windows 7系统安装界面，单击"修复计算机"链接。

03 正在搜索Windows安装

单击"修复计算机"文字链接以后，系统修复工具开始搜索电脑中相关的Windows安装信息。

04 选择操作系统

在系统修复工具检测到的操作系统列表中，选择想要修复的Windows 7系统，单击"下一步"按钮。

05 修复计算机

在切换到的"选择恢复工具"界面，单击"启动修复"按钮即可开始修复系统启动管理。

06 完成修复
稍等片刻以后，系统修复完成，单击"完成"按钮即可关闭该对话框，以重启计算机使修复生效。

新手常见问题

1. MBR指的是什么?

MBR，全称为Master Boot Record，即硬盘的主引导记录。为了便于理解，一般将MBR分为广义和狭义两种：广义的MBR包含整个扇区（引导程序、分区表及分隔标识），也就是上面所说的主引导记录；而狭义的MBR仅指引导程序。MBR不属于任何一个操作系统，也不能用操作系统提供的磁盘操作命令来读取，但可以通过命令来修改和重写。

2. Boot.ini文件丢失了怎么办?

Windows XP系统中的Boot.ini文件存储着系统启动的重要信息，通过修改Boot.ini内容我们可以设置多系统启动，以及调整系统时间等。Boot.ini文件如果丢失，硬件就会因找不到系统盘而导致系统无法启动。但是如果我们遇到Boot.ini文件丢失了该怎么办呢? 这个时候我们只需要新建一个Boot.ini文件，重新写入启动内容即可。具体方法如下：单击"开始"菜单，依次单击"程序>附件>记事本"，在记事本里输入如下内容：

[bootloader]
timeout=10
default=multi(0)disk(0)rdisk(0)partition(1)\WINDOWS
[operatingsystems]multi(0)disk(0)rdisk(0)partition(1)\WINDOWS
="Microsoft Windows XP"/fastdetect

然后将它保存为名字是boot.ini的文件，将此文件存放到C盘的根目录下即可。

3. 卸载Windows XP/7中的XP系统后，怎样删除选择系统界面？

如果卸载Windows XP/7中的XP系统后，在启动电脑时仍然存在选择系统界面，则用户可以按照下面的方法将选择系统界面删除。在Windows 7系统中单击"开始"按钮，然后单击"所有程序>附件"命令，在展开的附件列表中右击"命令提示符"命令，在弹出的快捷菜单中单击"以管理员身份运行"命令。打开"管理员：命令提示符"窗口，输入命令bcdedit/displayorder{ntldr}/remove，然后按【Enter】键。如下左图所示。命令执行完成后，将显示操作成功完成提示信息，此时启动菜单中Windows XP选择菜单就已经被删除了，如下右图所示。

4. 为什么卸载Windows 7后无法进入Windows XP系统？

很多用户在卸载Windows XP/7的时候，因为Windows 7安装在C盘，而Windows XP安装在其他分区，偏偏用户在卸载操作系统的时候，因为忘记复制启动文件或其他原因就直接将C盘格式化了，使得Windows XP的开机文件也被格式化了，从而导致出现"NTLDR is missing"而无法进入系统的情况。

第8章

虚拟机的安装与使用

在日常生活中，越来越多的计算机课程都开始和实践挂钩。如果只是单纯给学习者介绍理论知识，而不提供具体的实验环境，不但难以激发出学习者的兴趣，也会导致学习效果不佳。但是大量的实验环境建设又会造成成本浪费，而虚拟机则是解决这一问题的最佳途径。

虚拟机通过模拟出一个与计算机相同的虚拟计算机，使用户可以在虚拟机中进行各种与计算机相关的实验和操作，却又不影响物理计算机，十分方便。本章将介绍虚拟机的安装与使用。

8.1　虚拟光驱相关知识

　　虚拟光驱是一种模拟CD/DVD-ROM工作的工具软件，它可以在系统中生成和电脑上所安装的物理光驱功能一模一样的虚拟光驱。用户可以先通过虚拟光驱将光盘上的应用软件镜像存放在硬盘上，并生成一个虚拟光驱的镜像文件，然后将镜像文件放入虚拟光驱中使用。

关键词　虚拟光驱、镜像文件
难　度　◆◆◆◇◇

8.1.1　认识虚拟光驱

　　虚拟机的工作原理是先虚拟出一部或多部虚拟光驱后，将各种软件、影音视频、光盘上的应用软件等生成可被虚拟光驱读取的镜像文件，然后用户就可以通过将此镜像文件放入虚拟光驱中使用。

　　虚拟光驱拥有很多物理光驱无法实现的功能，如运行时不用光盘，可同时执行多张光盘软件，快速的处理能力、容易携带等。下面将列举部分虚拟光驱的特点。

01 高速CD-ROM

　　虚拟光驱直接在硬盘上运行，速度可达200X；虚拟光驱的反应速度非常快，播放影像文件流畅。同时，虚拟光驱所生成的虚拟光盘可存入MO盘，随身携带MO盘就成为"光盘MO"，MO光驱合一，一举两得。

02 安全快速复制光盘

　　虚拟光驱复制光盘时只产生一个相对应的虚拟光盘文件，因此非常容易管理。传统的将光盘中成百上千的文件复制到硬盘的方法不一定能够正确运行，因为很多光盘软件会指定要求在光驱上运行，而虚拟光驱则完全解决了这些问题。

03 可同时运行多个光盘

　　与物理光驱同一时刻大多只能运行一张光盘不同，虚拟光驱可同时运行多个不同虚拟光盘。如用户可以在一个光驱上看电影，同时用另一个光驱安装软件。

　　虚拟光驱一般使用较为专业的压缩和即时解压算法，对于一些没有压缩过的文件，压缩率可达50%以上，运行时自动即时解压，因此影像播放效果不会失真。

04 取代光盘塔

虚拟光驱可以完全取代昂贵的光盘塔，可同时直接存取大量的虚拟光盘，不必等待换盘，不但速度快并且使用方便，不占空间又没有硬件维护困扰。

8.1.2 使用Alcohol 120%制作镜像文件

Alcohol 120%是一种兼顾光盘虚拟和刻录两种功能的工具软件，它不但能完整地模拟原始光盘片，还支持直接读取及刻录各种光盘镜像文件。下面就以刻录Windows XP光盘为例，来讲解使用Alcohol 120%制作镜像光盘的方法。

01 启动Alcohol 120%
　　在光驱中放入Windows XP系统的安装光盘，然后双击桌面Alcohol 120%程序的图标，启动Alcohol 120%程序。

02 选择是否注册
　　在启动Alcohol 120%程序以后，它会要求用户注册，用户可以单击"确定"按钮使用试用版。

03 打开镜像制作向导
　　在进入Alcohol 120%程序主界面后，单击窗口左侧的"主要功能"区域中的"镜像制作向导"文字链接。

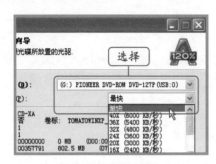

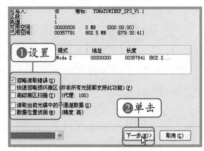

04 选择来源光驱与刻录速度
在弹出的镜像制作向导对话框中，单击对话框右侧的下三角按钮，选择镜像文件的来源光驱并选择读取速度。

05 设置其他选项
在设置读取速度以后，继续设置制作镜像文件的其他选项，然后单击"下一步"按钮。

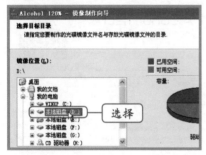

06 选择镜像文件存储路径
在切换到的"选择目标目录"界面，在左侧的"镜像位置"列表框中选择产生的镜像文件的存储路径。

07 输入镜像文件名
设置好镜像文件存储路径后，在该界面左下方的"镜像名称"文本框中输入将要产生的镜像文件名。

08 选择镜像文件格式
输入镜像文件名后，在该界面右下方设置镜像文件格式，一般情况下虚拟光盘都采用ISO格式，设置完毕后单击"开始"按钮制作文件。

09 开始制作镜像文件

单击"开始"按钮以后，Alcohol 120%开始制作Windows XP系统的镜像光盘并显示制作进度。因为Windows XP系统安装文件较大，用户需要耐心等待。

8.2 虚拟机的安装与使用

虚拟机是一个利用软件来模拟具有完整硬件系统功能的、运行在一个完全隔离环境中的完整计算机系统。通过虚拟机软件，用户可以在一台物理计算机上模拟出一台或多台虚拟的计算机，这些虚拟机完全可以像真正的计算机那样进行工作，并不会影响到物理计算机。

关键词 虚拟机、虚拟软件、VMware
难 度 ◆◆◆◇◇

8.2.1 虚拟机相关知识

虚拟机是在电脑中模拟出来的计算机，它具有和实际的计算机相同的功能与作用，具有指令集并使用不同的存储区域，它不仅负责执行指令，还要管理数据、内存和寄存器。虚拟机又分为普通虚拟机和Java虚拟机两种。

01 普通虚拟机

普通虚拟机是指用户平时经常见到的虚拟机，它通过虚拟机软件模拟，营造出一个具有完整硬件系统功能的、运行在一个完全隔离环境中的计算机系统。

对于用户来说，虚拟机只是运行在物理计算机上的一个应用程序，但是对于在虚拟机中运行的应用程序而言，它就像是在真正的计算机中进行工作。因此，当用户在虚拟机中做出了某种违法操作时，虚拟机也会出现系统崩溃的情况，但是虚拟机系统的崩溃并不会对物理计算机上的操作系统造成任何影响。因此，对于需要进行大量计算机实验的用户来说，虚拟机是一个非常好用的工具。目前，较为流行的虚拟机软件有VMware和Virtual PC，只要系统资源足够，它们就能在系统上虚拟出多个虚拟计算机，并能在这些虚拟机计算机中安装Windows、Linux等操作系统。

02 Java虚拟机

Java虚拟机简称JVM，Java虚拟机是一个想象中的机器，在实际的计算机上通过软件模拟来实现。Java虚拟机有自己想象中的硬件，如处理器、堆栈、寄存器等，还具有相应的指令系统。

一般的高级语言如果要在不同的平台上运行，基本上都需要编译成不同的目标代码，而引入Java语言虚拟机后，Java语言在不同平台上运行时就不需要重新编译了。Java虚拟机屏蔽了与具体平台相关的信息，使得Java语言编译程序只需生成在Java虚拟机上运行的目标代码，就可以在多种平台上不加修改地运行。

8.2.2 安装VMware虚拟机

VMware是一款虚拟PC软件，它使用户可以在一台机器上同时运行两个或更多Windows、DOS、Linux系统。VMware采用了完全不同的概念，多操作系统在一个时刻只能运行一个系统，在系统切换时需要重新启动电脑。而VMware则实现了真正的同时运行，多个操作系统在主系统的平台上，就像标准Windows应用程序那样切换。而且每个操作系统都可以进行虚拟的分区、配置而不影响真实硬盘的数据，甚至可以通过网卡将几台虚拟机连接为一个局域网，极其方便。因此，比较适合学习和测试。安装VMware的步骤如下所示。

温馨提示

要获得VMware虚拟机安装程序，用户可以在http://www.vmware.com/cn下载VMware虚拟机安装程序，也可以在其他门户网站下载，如天空软件站、太平洋下载中心、华军软件园等。

01 启动安装程序
双击VMware虚拟机安装程序图标，启动VMware安装程序。

02 选择安装方式
弹出安装向导对话框，单击选中"自定义安装"按钮，然后单击"下一步"按钮。

03 设置安装路径
切换到"选择安装位置"界面，设置程序的安装路径后单击"下一步"按钮。

04 选择要安装的组件
切换到"选择组件"界面，保持默认组件的选择，然后单击"安装"按钮。

05 正在安装
完成操作后，即可进入"正在安装"界面，并显示安装进度。

06 完成安装
完成安装后，在弹出的对话框中单击"完成"按钮即可。

8.2.3 在VMware中安装Windows 7系统

在安装VMware虚拟机以后，接下来就可以在VMware虚拟机中安装操作系统并使用虚拟机了。下面介绍在VMware中安装Windows 7系统的方法。

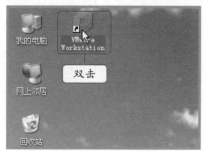

01 启动VMware虚拟机
在桌面上双击VMware Workstation图标，启动VMware虚拟机。

02 同意许可协议
在弹出的"许可协议"界面中单击选中"我同意许可协议中的条款"按钮，单击"确定"按钮。

03 启动VMware虚拟机
切换到VMware Workstation窗口，单击"新建虚拟机"图标，新建虚拟机。

04 同意许可协议
弹出"新建虚拟机向导"对话框，单击选中"标准（推荐）"按钮，然后单击"下一步"按钮。

新手提升：从菜单新建虚拟机

除了单击"新建虚拟机"图标外，在菜单栏中执行"文件>新建>虚拟机"命令也可以新建虚拟机。

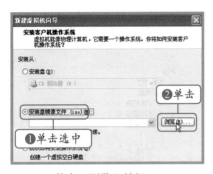

05 单击"浏览"按钮
单击选中"安装盘镜像文件"单选按钮，然后单击"浏览"按钮。

06 选择镜像文件
弹出"浏览ISO镜像"对话框，选择制作的Windows 7镜像文件，然后单击"打开"按钮。

07 完成选择
安装程序将自动检测到所要安装的操作系统版本，单击"下一步"按钮。

08 选择要安装的版本
在"要安装的Windows版本的"列表框中选择Windows 7 Ultimate，单击"下一步"按钮。

09 确认继续安装
弹出提示对话框，直接单击"是"按钮确认继续安装。

10 确认继续安装
再次弹出一个提示对话框，直接单击"是"按钮确认继续安装。

11 命名虚拟机
进入"命名虚拟机"界面，在"虚拟机名称"文本框中输入虚拟机的名称，然后单击"浏览"按钮。

12 选择虚拟机位置
弹出"浏览文件夹"对话框，在中间的列表框中选择虚拟机的安装位置，然后单击"确定"按钮。

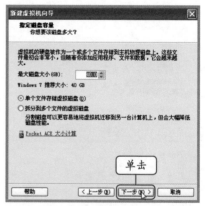

13 单击"下一步"按钮
返回"新建虚拟机向导"对话框，确认虚拟机名称和虚拟机位置后单击"下一步"按钮。

14 设置磁盘大小
进入"指定磁盘容量"界面，在"最大磁盘大小"文本框中设置虚拟机的磁盘大小，一般保持默认推荐大小即可，然后单击"下一步"按钮。

15 完成创建

进入"准备创建虚拟机"界面,单击"完成"按钮。

16 单击"确定"按钮

弹出警告提示对话框,直接单击"确定"按钮即可。

17 启动安装程序

关闭该对话框以后,VMware将开始启动Windows 7的安装程序。

18 设置安装程序

经过一段时间的加载以后,VMware虚拟机进入系统安装界面。可以看到,和真实的Windows 7系统安装一样,这里也需要设置。

19 完成安装

经过一段时间的安装过程以后,Windows 7系统安装完成并自动进入虚拟机界面,这时用户就可以在虚拟机中使用Windows 7系统了。

新手常见问题

1. 除了Alcohol 120%外,其他常见的虚拟光驱有哪些?

除了Alcohol 120%虚拟光驱外,比较常见的虚拟光驱还有

WinMount、VirtualDrive、WINISO、UltraISO、VDM、Daemontools等。

2．什么是镜像文件？

　　镜像文件其实和ZIP压缩包类似，它将特定的一系列文件按照一定的格式制作成单一的文件，以方便用户下载和使用，例如一个测试版的操作系统、游戏等。镜像文件是无法直接使用的，需要利用一些虚拟光驱工具进行解压后才能使用。镜像文件不仅具有ZIP压缩包的"合成"功能，它最重要的特点是可以被特定的软件识别并可直接刻录到光盘上。其实通常意义上的镜像文件可以再扩展一下，在镜像文件中可以包含更多的信息。比如说系统文件、引导文件、分区表信息等，这样镜像文件就可以包含一个分区甚至是一块硬盘的所有信息。使用这类镜像文件的经典软件就是Ghost，它同样具备刻录功能，不过它的刻录仅仅是将镜像文件本身保存在光盘上，而通常意义上的刻录软件都可以直接将支持的镜像文件所包含的内容刻录到光盘上。

3．VMware Tool是一款什么工具？

　　VMware Tool是VMware虚拟机中自带的一种增强工具，相当于VirtualBox中的增强功能（Sun VirtualBox Guest Additions），是VMware提供的增强虚拟显卡和硬盘性能以及同步虚拟机与主机时钟的驱动程序。只有在VMware虚拟机中安装好了VMware Tool，才能实现主机与虚拟机之间的文件共享，鼠标才可在虚拟机与主机之间自由移动，且虚拟机屏幕可实现全屏化。

4．在虚拟机中能安装多操作系统吗？

　　当然可以，在虚拟机中安装多操作系统的方法与在实际计算机中安装多操作系统的方法类似。用户可以在虚拟机中先设置从光驱启动，如下左图所示，然后将虚拟机所使用的镜像文件设置成Windows XP的镜像文件，并重新启动虚拟机，如下右图所示。

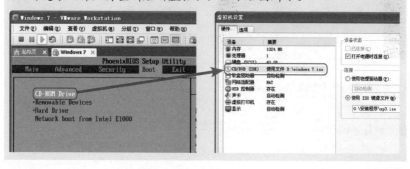

第9章

安装驱动与
其他软件

要点导航
- 认识驱动程序
- 驱动程序的类型
- 安装驱动程序
- 安装绿色软件
- 安装非绿色软件

　　随着微电子技术的飞速发展，电脑硬件的性能越来越强大。驱动程序是直接工作在各种硬件设备上的软件，正是通过驱动程序，各种硬件设备才能正常运行，达到既定的工作效果。

　　而除了驱动程序以外，用户通常还需要在电脑中安装各种第三方软件，以方便能更好地使用电脑。在本章中将介绍驱动程序与常用软件的安装。

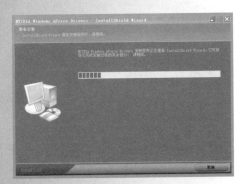

9.1　驱动程序基础知识

驱动程序全称为设备驱动程序，是一种可以使用计算机和设备通信的特殊程序，英文名为Device Driver。简单的说，驱动程序就相当于硬件的接口，操作系统只有通过这个接口，才能控制硬件设备的工作，假如某设备的驱动程序未能正确安装，便不能正常工作。

关键词　驱动程序、类型
难　度　◆◆◆◇◇

9.1.1　认识驱动程序

如果电脑上缺少了与硬件相对应的驱动程序，那么硬件就无法根据软件发出的指令进行工作，即使是功能非常强大，也毫无用武之地，由此可见驱动程序对硬件的重要性。从理论上讲，所有的硬件设备都需要安装相应的驱动程序才能正常工作。

但是从事实上来看，像CPU、内存、主板、软驱、键盘、显示器等设备，却并不需要安装驱动程序也可以正常工作。这主要是由于这些硬件对于一台个人电脑来说是必需的，所以设计人员就将这些硬件直接列为BIOS能直接支持的硬件。换句话说，上述硬件安装后就可以被BIOS和操作系统直接支持，不再需要安装驱动程序。

虽然CPU、内存、键盘、鼠标这些设备并不需要驱动程序，但是诸如显卡、网卡、声卡、摄像头、打印机等其他设备，如果不安装相应的驱动，那么这些硬件设备将无法使用。

9.1.2　驱动程序的类型

驱动程序的种类很多，很难找到统一的分类标准，不过按照其被承认度的标准，可以分为官方正式版、微软WHQL认证版、第三方驱动、发烧友修改版和Beta测试版。

01 官方正式版

官方正式版的驱动就是指按照芯片厂商的设计研发出来的，经过反复测试、校检和修正并最终通过官方渠道发布的正式版驱动程序，通常也叫公版驱动。

02 微软WHQL认证版

WHQL是英文Windows Hardware Quality Labs的缩写，是微软公司对各硬件厂商驱动的一个认证，是为了测试驱动程序与操作系统的相容性及稳定性而制定的，只有通过了WHQL认证的驱动程序才能与Windows系统兼容。

03 第三方驱动

第三方驱动一般是指硬件OEM厂商发布的基于官方驱动优化而成的驱动程序，第三方通常比官方正式版拥有更加完善的功能和更加强劲的整体性能的特性。

04 发烧友修改版

发烧友修改版驱动又名改版驱动，是指经修改过的为了适应广大发烧友而使用的驱动程序。

05 Beta测试版

Beta测试版驱动则是指处于测试阶段，还没有正式发布的驱动程序。

9.2 安装驱动程序

安装驱动程序需要按照一定的顺序，否则很有可能导致某些驱动安装失败。驱动程序的安装顺序一般为：主板芯片组>显卡>声卡>网卡>无线网卡>其他驱动。安装驱动可以从光盘自动安装，也可以从添加硬件向导安装，还可以使用万能驱动。

关键词 安装、驱动程序
难 度 ◆◆◆◇◇

9.2.1 通过驱动光盘安装驱动程序

一般来说绝大多数的硬件在购买时都会带有配套的驱动光盘，用户可以通过驱动光盘来安装驱动程序。下面就以安装昂达主板驱动为例，来讲解如何通过光盘来安装驱动。

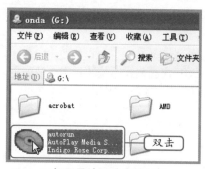

01 打开昂达驱动安装程序

在光驱中放入主板驱动光盘并双击打开光驱文件目录，然后找到主板驱动安装程序图标并双击打开。

02 选择驱动平台

在弹出的主板驱动安装窗口中，选择与电脑对应的主板驱动平台。

03 选择主板驱动类型

在切换到的界面中选择与主板型号相对应的驱动类型。

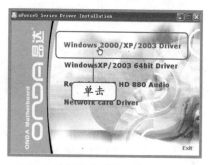

04 选择操作系统环境

在切换到的界面中选择当前的操作系统环境。

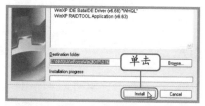

05 设置安装路径

在弹出的对话框中保持默认的驱动程序安装路径，单击"Install"按钮。

温馨提示

大多数驱动程序都是非绿色软件，在重装系统后，一般都需要重新安装驱动程序，因此许多用户都会将驱动程序安装在默认的系统分区下。

06 读取安装文件

单击"Install"按钮后，安装程序即开始读取驱动程序安装文件，并显示读取进度。

07 安装驱动程序

读取完毕以后，安装程序将会开始引导安装驱动直到安装结束，用户只需耐心等待直到安装完毕，重启电脑即可。

9.2.2 通过添加硬件向导来安装驱动程序

除了可以使用驱动光盘安装驱动程序外，用户还有可以通过Windows系统自带的添加硬件向导来安装驱动程序。

01 打开控制面板

在任务栏上单击"开始"按钮，在弹出的"开始"菜单中，单击"控制面板"命令。

02 双击"添加硬件"图标

在打开的"控制面板"窗口中，双击"添加硬件"图标，打开"添加硬件向导"对话框。

03 添加硬件向导

在弹出的"欢迎使用添加硬件向导"界面中，单击"下一步"按钮，进入下一步设置。

04 搜索硬件
单击"下一步"按钮后，该向导便开始搜索最近连接到电脑但是还未安装的硬件。

05 选择硬件连接情况
单击选中"是，我已经连接了此硬件"单选按钮，然后单击"下一步"按钮。

06 选择要安装的硬件
在"已安装的硬件"列表框中选择要安装的硬件，然后单击"下一步"按钮。

07 选择安装方式
单击选中"安装我手动从列表选择的硬件(高级)"单选按钮，然后单击"下一步"按钮。

08 选择要安装的硬件类型
在"常见硬件类型"列表框中选择想要安装的硬件类型，如选择"网络适配器"选项，然后单击"下一步"按钮。

09 选择网卡

在切换到的"选择网卡"界面，在"厂商"列表框中选择厂商，然后在"网卡"列表框中选择网卡型号，单击"下一步"按钮。

10 开始安装硬件

在准备安装硬件界面，单击"下一步"按钮，开始安装硬件。

11 正在复制文件

单击"下一步"按钮以后，添加硬件向导便开始复制硬件安装的相关文件，并显示复制进度的对话框。

12 完成安装

经过一段时间的安装后，硬件安装完成，单击"完成"按钮即可关闭"添加硬件向导"对话框。

9.2.3 从网上下载或从他处复制驱动程序

如果用户因为驱动光盘已经遗失或损坏或是光驱出现问题等情况而无法安装驱动，即使使用添加硬件向导也没有办法，那又该如何安装驱动呢？

遇到这样的情况，而用户又无法使用添加硬件向导来安装驱动程序，这时就建议用户到网上下载或从其他地方复制驱动程序了。

一般来说，各大硬件厂商的官方网站都会提供驱动程序的下载链接，用户可以根据自己的硬件类型以及型号到相应的网站上寻找对应的驱动程序。如下两图即分别为用户从他处复制驱动程序和从驱动之家网站下载驱动程序。

9.3　安装其他常用软件

> 要想使电脑的功能多样化，除了安装操作系统外，用户还需要安装很多其他的第三方常用软件，如腾讯QQ等聊天工具、迅雷等下载软件、暴风影音等播放工具以及Office办公软件等，除此之外，还有各种杀毒软件、防火墙等。

关键词　绿色软件、非绿色软件
难　度　◆◆◆◇◇

9.3.1　绿色软件与非绿色软件

用户在安装常用软件的时候，可能经常听到别人说起绿色软件这个概念，那么绿色软件到底是指什么软件呢？目前，关于绿色软件的定义并没有统一的标准。狭义的绿色软件也可以叫做纯绿色软件，它是指软件对现有的操作系统部分没有任何改变，除了软件现在安装的目录，应该不在任何地方写东西，删除的时候，直接删除所在的目录就可以了，类似于以前的大多数DOS程序。不过，这一类的软件非常罕见。广义的绿色软件则是指几乎不需要专门的安装程序，软件对系统的改变比较少，手工也可以完成这些改变，比如复制几个动态库，或者导入注册表等。

一般来说，绿色软件都有以下优点，那就是对操作系统无污染、不需要安装，方便卸载，便于携带，可以复制到便携的U盘上运行。有的人甚至认为，直接解压出来或重装系统后可以直接使用的软件，就叫绿色软件。

　　而那些非绿色软件则主要是指那些和操作系统联系和集成非常紧密的软件，这些软件不适合制成绿色软件，最好还是用原来的程序来安装。如大多数杀毒软件都必须实时监控系统的底层运作，对系统的修改比较大，就不适合做成绿色软件。

9.3.2 安装非绿色软件

　　要安装非绿色软件，用户可以直接通过该软件的安装程序来进行安装。下面以安装腾讯QQ 2011聊天软件为例介绍安装非绿色软件的方法。

01 启动QQ安装程序
双击QQ2011安装程序图标，启动QQ安装程序。

02 同意协议
勾选"我已阅读并同意软件许可协议和青少年上网安全指引"复选框，然后单击"下一步"按钮。

03 自定义安装选项
在切换到的界面中自定义设置将要安装的选项与快捷方式选项，然后单击"下一步"按钮。

04 单击"浏览"按钮
在"程序安装目录"选项下，单击"浏览"按钮，打开"浏览文件夹"对话框。

05 设置程序安装路径
　　在弹出的"浏览文件夹"对话框中，设置QQ的安装路径，然后单击"确定"按钮。

06 单击"安装"按钮
　　设置好QQ的安装路径以后，单击"安装"按钮即可开始安装QQ聊天工具。

07 正在安装
　　单击"安装"按钮以后，安装程序即开始复制文件并安装程序。

08 完成安装
　　经过一段时间的安装后，安装完成，单击"完成"按钮即可退出安装向导。

新手常见问题

1. 驱动程序的安装顺序是怎样的？

　　一般来说，在操作系统安装完成后，就应该对电脑中的各个硬件安装驱动程序了。而各种驱动程序安装的顺序是有讲究的，正确的安装顺序能够保证系统的稳定性以及性能的发挥；反之，如果不按正确的顺序安装则很有可能导致某些软件安装失败。一般的安装顺序是先安装主板驱动程序，再安装显卡驱动程序、声卡驱动程序、网卡驱动程序，最后安装其他外部设备的驱动程序。

2. 怎样查看驱动程序是否成功安装？

要在"我的电脑"中查看驱动程序是否安装成功，用户可以通过设备管理器来进行判断，在桌面上右击"我的电脑"图标，在弹出的快捷菜单中单击"设备管理器"命令，打开"设备管理器"窗口，在该窗口中选择要查看的硬件，然后单击鼠标右键，在弹出的快捷菜单中单击"属性"命令，如下左图所示。在弹出的硬件属性对话框中即可查看该设备的状态、驱动程序情况等，如下右图所示。

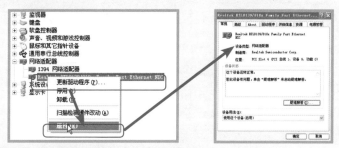

3. 想升级驱动程序，应该怎样操作？

要升级驱动程序，同样也可以在设备管理器里完成。下面以升级网卡驱动程序为例进行说明。在桌面上右击"我的电脑"图标，在弹出的快捷菜单中单击"设备管理器"命令，打开"设备管理器"窗口，单击"网络适配器"左侧的展开按钮，然后右击需要升级的网卡选项，在弹出的快捷菜单中单击"更新驱动程序"命令，如下页左图所示，弹出"硬件更新向导"对话框，然后按照硬件更新向导提示选择网卡驱动程序即可完成硬件设备驱动程序的升级，如下页右图所示。

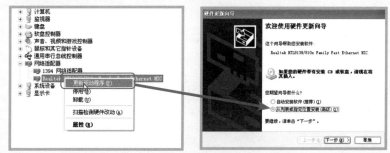

4. 怎样卸载常用软件？

卸载常用软件的方法有很多种，用户既可以通过Windows系统自带的添加与删除程序功能来卸载常用软件，也可以直接采用软件自带的卸载程序来卸载。如采用Windows系统自带的添加与删除程序功能来卸载软件，可按照下面的方法来进行。在任务栏上单击"开始"按钮，在弹出的菜单中单击"控制面板"命令，在打开的"控制面板"窗口中双击"添加或删除程序"图标，如下左图所示。打开"添加或删除程序"窗口，在该窗口中选择要卸载的软件，然后单击右侧的"删除"按钮，根据提示向导对话框即可完成卸载，如下右图所示。

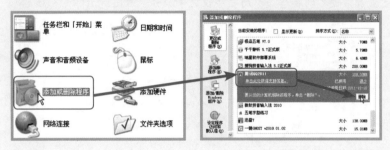

第10章

多系统的资源共享

现在安装多操作系统的人越来越多，因为这样可以在一台电脑中享受到多种操作系统带来的快乐。但是在有效的硬盘空间中，怎样可以使相同的软件、系统资源在多操作系统中得到共享很重要，因为这样不仅可以节省硬盘空间、提高系统工作效率，而且还可以大大方便用户的使用。

在多操作系统中可以共享许多的资源，如我的文档、聊天记录等。本章主要介绍Windows XP和Windows 7双系统计算机的资源共享。

虚拟内存	? ✕
驱动器 [卷标] (D)	**页面文件大小 (MB)**
C: [WINXP]	1440 - 2880
D: [本地磁盘]	
E:	2000 - 3000
F:	
G:	

所选驱动器的页面文件大小

驱动器:	F:
可用空间:	1276 MB

○ 自定义大小 (C):

初始大小 (MB) (I): ☐

最大值 (MB) (X): ☐

10.1　系统文件的共享

在Windows XP和Windows 7系统中，它们都有一些相同的文件夹，这些文件夹在功能上和命名上类似，用户可以直接在双系统环境下实现这些文件的共享。

关键词　我的文档、虚拟内存、临时文件、系统桌面
难　度　◆◆◆◆◇

10.1.1　共享"我的文档"

Windows XP和Windows 7的"我的文档"都保存在各自的系统盘里，如果将它们转移到一个非系统盘中，不仅可以节约系统资源，还可以避免在重装系统时忘记备份。

  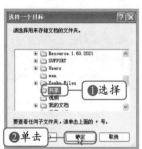

01 单击属性命令
在桌面上右击"我的文档"图标，在弹出的快捷菜单中单击"属性"命令。

02 单击移动按钮
弹出"我的文档 属性"对话框，在"目标文件夹"选项卡下单击"移动"按钮。

03 选择目标位置
在弹出的"选择一个目标"对话框中选择移动到的位置，然后单击"确定"按钮。

04 确认转移
返回"我的文档 属性"对话框后单击"确定"按钮，此时会弹出"移动文档"提示对话框，如果确认将文档转移到新位置则单击"是"按钮。

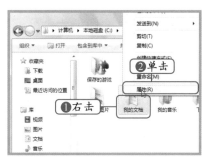

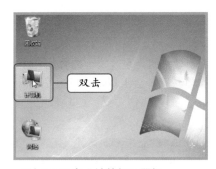

05 双击"计算机"图标
转移完毕后重启计算机，选择进入Windows 7操作系统，待进入桌面后双击"计算机"图标。

06 单击"属性"命令
在Windows 7下我的文档默认的路径为"X:\用户\用户名\我的文档"（X为系统盘），右击"我的文档"图标，在弹出的快捷菜单中单击"属性"命令。

07 单击"移动"按钮
弹出"我的文档 属性"对话框，切换至"位置"选项卡，单击"移动"按钮。

08 选择目标位置
在弹出的"选择一个目标"对话框中选择移动到的位置，然后单击"选择文件夹"按钮。

09 确认转移
返回"我的文档 属性"对话框后单击"确定"按钮，此时会弹出"移动文件夹"提示对话框，如果确认将文档转移到新位置则单击"是"按钮即可。

10.1.2 共享虚拟内存

　　一般情况下，虚拟内存文件占用的硬盘空间为系统物理内存的1.5倍左右。如果系统中安装了两个以上的操作系统，会浪费许多硬盘空间。因此用户在使用双系统时可共用一个虚拟内存文件，这样就可以减少系统占用的空间。

01 单击"属性"命令
　　启动到Windows XP系统中，在桌面上右击"我的电脑"图标，在弹出的快捷菜单中单击"属性"命令。

02 单击"设置"按钮
　　弹出"系统属性"对话框，切换到"高级"选项卡，在"性能"选项组中单击"设置"按钮。

03 单击"高级"标签
　　弹出"性能选项"对话框，单击"高级"标签，切换到"高级"选项卡。

04 单击"更改"按钮
　　在"高级"选项卡的"虚拟内存"选项组中单击"更改"按钮。

05 单击"设置"按钮
弹出"虚拟内存"对话框，单击选中"无分页文件"单选按钮，然后单击"设置"按钮。

06 自定义大小
如果选中其他设置共享虚拟内存的盘符，然后单击选中"自定义大小"单选按钮，并输入虚拟内存的最大值和初始大小，单击"设置"按钮。

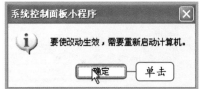

07 确认覆盖
单击"虚拟内存"对话框下方的"确定"按钮，此时会弹出一个确认提示对话框，提示是否将页面文件覆盖，直接单击"是"按钮。

08 重启电脑
弹出"系统控制面板小程序"对话框，提示用户要使改动生效，需重新启动计算机，单击"确定"按钮重新启动电脑。

09 单击"属性"命令
重启后选择进入Windows 7系统，在桌面上右击"计算机"图标，在弹出的快捷菜单中单击"属性"命令。

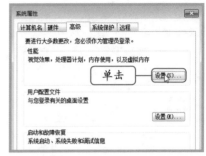

10 高级系统设置
　　打开"系统"窗口，在左侧的窗格中单击"高级系统设置"文字链接。

11 单击"设置"按钮
　　弹出"系统属性"对话框，切换到"高级"选项卡，在"性能"选项组中单击"设置"按钮。

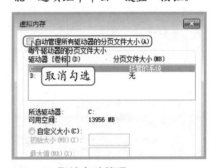

12 单击"更改"按钮
　　弹出"性能选项"对话框，在"高级"选项卡下的"虚拟内存"选项组中单击"更改"按钮。

13 取消自动管理
　　此时系统会弹出"虚拟内存"对话框，取消勾选"自动管理所有驱动器的分页文件大小"复选框。

14 自定义大小
　　选中前面设置共享虚拟内存的盘符，单击选中"自定义大小"单选按钮，并设置其虚拟内存的初始大小和最大值，设置完成后单击"设置"按钮。

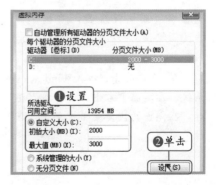

15 确认设置
设置完毕，在"虚拟内存"对话框中单击"确定"按钮，此时会弹出"系统属性"对话框，单击"确定"按钮。

16 重启电脑
返回"系统属性"对话框，单击"确定"按钮后会弹出是否重启询问提示对话框，单击"立即重新启动"按钮即可。

10.1.3　共享临时文件

　　Windows或应用程序在运行时通常都会产生临时文件，这些文件往往占用了很大一部分的磁盘空间。用户在使用双系统的时候，可以将Windows XP和Windows 7使用同一个临时文件夹，这样既可以节省磁盘空间，也方便用户清理垃圾文件。具体操作步骤如下。

01 新建临时文件夹
启动电脑并选择进入Windows XP操作系统，然后在任意一个磁盘分区中新建一个存放共享临时文件的文件夹。

02 单击"环境变量"按钮
在Windows XP系统中打开"系统属性"对话框，在"高级"选项卡的"启动和故障恢复"选项组中单击"环境变量"按钮。

03 单击"编辑"按钮
在弹出的"环境变量"对话框中的"Administrator的用户变量"中选择TEMP选项，单击"编辑"按钮。

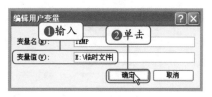

04 编辑用户变量
弹出"编辑用户变量"对话框，在"变量值"文本框中输入前面新建文件夹的路径，单击"确定"按钮。

05 单击"编辑"按钮
返回"环境变量"对话框，在其中的"Administrator的用户变量"选项组中选择TMP选项，单击"编辑"按钮。

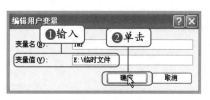

06 编辑用户变量
弹出"编辑用户变量"对话框，在"变量值"文本框中输入前面新建文件夹的路径，单击"确定"按钮。

07 单击"环境变量"按钮
重启电脑并选择进入Windows 7系统，打开"系统属性"对话框，在"高级"选项卡中单击"环境变量"按钮。

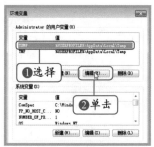

08 单击"编辑"按钮
弹出"环境变量"对话框，在其中的"Administrator的用户变量"中选择TEMP选项，然后单击"编辑"按钮。

09 编辑用户变量
弹出"编辑用户变量"对话框，在"变量值"文本框中输入前面新建文件夹的路径，单击"确定"按钮。

10 单击"编辑"按钮
返回"环境变量"对话框，在其中的"Administrator的用户变量"中选择TMP选项，单击"编辑"按钮。

11 编辑用户变量
弹出"编辑用户变量"对话框，在"变量值"文本框中输入前面新建文件夹的路径，然后单击"确定"按钮，即可完成最终设置。

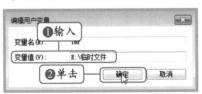

10.1.4 共享系统桌面

在使用双系统时，每一个系统都会将自己的桌面文件保存在各自的系统盘中，通过一些简单的设置，即可将独立的系统桌面文件共享到一个文档当中，以节约磁盘空间。具体操作步骤如下。

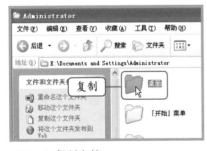

01 复制文件
启动电脑进入Windows XP系统，找到Windows XP系统分区下的"桌面"文件夹并将其复制。

02 粘贴文件
将Windows XP的"桌面"文件夹粘贴到一个非系统的分区中。

03 单击"运行"命令

返回Windows XP的桌面,单击"开始"按钮,在弹出的菜单中单击"运行"命令。

04 执行命令

弹出"运行"对话框,在"打开"文本框中输入命令regedit,然后单击"确定"按钮。

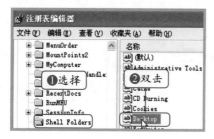

05 双击Desktop项

在左侧窗格中依次展开HKEY_USER\S-1-5-21-1659004503-838170752-682003330-500\Software\Microsoft\Windows\CurrentVersion\Explorer\Shell Folders注册表项,在右侧窗格中双击Desktop键值项。

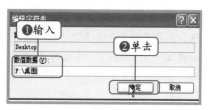

06 编辑字符串

弹出"编辑字符串"对话框,在"数值数据"文本框中输入粘贴"桌面"文件夹的路径,然后单击"确定"按钮,关闭"注册表编辑器"窗口后重新启动计算机。

07 单击"属性"命令

重启电脑并选择进入Windows 7系统,找到Windows 7系统分区下的"桌面"文件夹并右击,在弹出的快捷菜单中单击"属性"命令。

08 单击"移动"按钮

弹出"桌面 属性"对话框，切换到"位置"选项卡，单击"移动"按钮。

09 选择目标位置

弹出"选择一个目标"对话框，选择前面设置的Windows XP"桌面"文件夹，单击"选择文件夹"按钮。

10 移动文件夹

返回"桌面 属性"对话框中，单击"确定"按钮，弹出"移动文件夹"对话框，单击"是"按钮即可将以前的桌面文件移动到新的位置中。

10.2　网络资源的共享

在多操作系统中，除了可以对一些系统文件进行共享外，用户还可以对一些网络资源进行共享，如共享IE临时文件夹、共享IE收藏夹等，以方便进行统一管理。

关键词　IE临时文件夹、IE收藏夹
难　度　◆◆◆◇◇

10.2.1 共享IE临时文件夹

IE临时文件夹存储了用户查看过的网页内容，这些内容的存在虽然可以提高网页的浏览速度，但是这些临时文件却占用了大量的磁盘空间。而如果将多个系统中的IE临时文件夹保存到一个文件夹中，这样不仅可以节约大量的磁盘空间，而且可以方便日后的清理工作。共享IE临时文件夹的具体操作步骤如下。

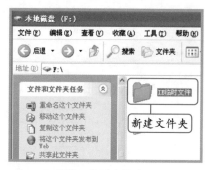

01 新建IE临时文件夹

启动电脑并进入Windows XP系统，在任意一个磁盘分区中新建一个存放IE临时文件的文件夹。

02 单击"Internet选项"命令

启动IE浏览器，在菜单栏中执行"工具>Internet选项"命令。

03 单击"设置"按钮

弹出"Internet 选项"对话框，在"Internet 临时文件"选项组中单击"设置"按钮。

05 选择目标位置

弹出"浏览文件夹"对话框，在中间的列表框中选择之前新建的文件夹，然后单击"确定"按钮。

04 单击"移动文件夹"按钮

弹出"设置"对话框，单击"移动文件夹"按钮。

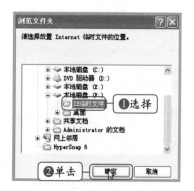

06 单击"是"按钮

弹出"注销"对话框,单击"是"按钮注销电脑以保存对设置的更改。

07 单击"Internet选项"命令

重新启动电脑并进入Windows 7操作系统,启动IE浏览器,单击"工具"按钮,在展开的列表中单击"Internet选项"选项。

08 单击"设置"按钮

弹出"Internet选项"对话框,在"浏览历史记录"选项组中单击"设置"按钮。

09 单击"移动文件夹"按钮

弹出"Internet临时文件和历史记录设置"对话框,然后单击"移动文件夹"按钮。

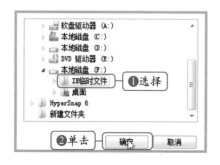

10 选择目标位置

弹出"浏览文件夹"对话框,在中间的列表框中选择之前新建的文件夹,然后单击"确定"按钮。

11 单击"是"按钮

弹出"注销"对话框，单击"是"按钮注销电脑以保存对设置的更改，即可完成最终设置。

10.2.2 共享IE收藏夹

要想实现Windows XP和Windows 7 共享IE 收藏夹，就应当将两个系统的IE收藏夹设置在非系统分区的其他的硬盘分区，然后通过修改Windows XP注册表来实现Windows XP和Windows 7共享IE 收藏夹。

01 复制文件

启动电脑进入Windows XP系统，找到Windows XP系统分区下的"收藏夹"并将其复制。

02 粘贴文件

将Windows XP的"收藏夹"粘贴到一个非系统的分区中。

03 单击"运行"命令

在任务栏上单击"开始"按钮，在弹出的菜单中单击"运行"命令。

04 执行命令

弹出"运行"对话框，在"打开"文本框中输入命令"regedit"，然后单击"确定"按钮。

温馨提示

在Windows XP中，其收藏夹的位置默认被保存在X:\Documents and Settings\Administrator目录下，其中X为Windows XP所在的系统分区盘符。

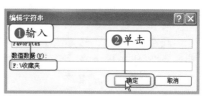

05 双击Favorites项
在左侧窗格中依次展开HKEY_USER\S-1-5-21-1659004503-838170752-682003330-500\Software\Microsoft\Windows\CurrentVersion\Explorer\Shell Folders注册表项，在右侧窗格中双击Favorites键值项。

06 编辑字符串
弹出"编辑字符串"对话框，在"数值数据"文本框中输入"收藏夹"的路径，然后单击"确定"按钮，关闭"注册表编辑器"后重新启动计算机。

07 单击"属性"命令
重启电脑并选择进入Windows 7系统，找到Windows 7系统分区下的"收藏夹"并右击，在弹出的快捷菜单中单击"属性"命令。

08 单击"移动"按钮
弹出"收藏夹 属性"对话框，切换到"位置"选项卡，然后单击"移动"按钮。

09 选择目标文件夹
弹出"选择一个目标"对话框，选择前面设置的Windows XP"收藏夹"文件夹，然后单击"选择文件夹"按钮。

10 单击"是"按钮

返回"收藏夹 属性"对话框,单击"确定"按钮,弹出"移动文件夹"对话框,单击"是"按钮即可完成最终的设置。

新手常见问题

1. "我的文档"文件夹有什么用处?

"我的文档"是Windows系统中的一个系统文件夹,是安装系统时系统自动为用户建立的文件夹,主要用于保存文档、图形,当然也可以保存其他任何文件。它含有两个特殊的个人文件夹,即"图片收藏"和"我的音乐"。"我的文档"默认被保存在C:\Documents and Settings\用户名下,其中C为系统所在的分区盘符,其保存路径是可以被修改的。

2. 本地电脑能够与虚拟机实现共享吗?

要实现本地电脑与虚拟机的共享,用户需首先安装VMWare tools,并进行网络映射,才能在我的电脑中出现。具体设置方法如下:在Vmware中新建虚拟机并安装好系统后,在菜单栏中执行"虚拟机>属性"命令,弹出"虚拟机设置"对话框,切换到"选项"选项卡中,在左侧列表中选择"共享文件夹"选项,在"文件夹共享"选项组中单击选中"总是启用"单选按钮,并单击"添加"按钮,如下左图所示。弹出"添加共享文件夹向导"对话框,根据向导提示设置共享的主机路径和名称,然后单击"下一步"按钮,如下右图所示。

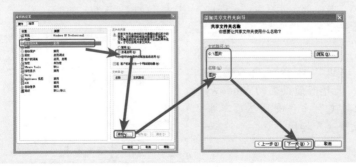

　　完成共享文件的设置后，进入虚拟机系统，在桌面上右击"我的电脑"图标，在弹出的快捷菜单中单击"映射网络驱动器"命令，弹出"映射网络驱动器"对话框，单击"浏览"按钮，如下左图所示。弹出"浏览文件夹"对话框，在中间的列表框中选择与主机共享的文件夹，然后单击"确定"按钮即可，如下右图所示。此时打开"我的电脑"窗口即可看到共享的网络驱动器，即主机上的文件夹。

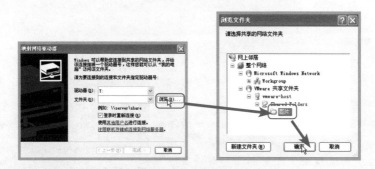

3．IE临时文件中包含的Cookies指的是什么？

　　Cookies是一种能够让网站服务器把少量数据储存到客户端的硬盘或内存，或是从客户端的硬盘读取数据的一种技术。Cookies是当用户浏览某网站时，由Web服务器置于硬盘上的一个非常小的文本文件，它可以记录用户ID、密码、浏览过的网页、停留的时间等信息。当再次访问该网站时，网站通过读取Cookies，就可以做出相应的动作，如在页面显示欢迎标语，或者让用户不用输入ID、密码就可直接登录等。Cookies中的内容大多数经过了加密处理，因此一般用户看来只是一些毫无意义的字母数字组合，只有服务器的CGI处理程序才知道它们的真正含义。在Windows XP系统中，Cookies文件的存放位置为C:/Documents and Settings/用户名/Cookies。

4．绿色软件可以共享吗？

　　由于绿色软件是不依赖系统文件和注册表的，因此无论重装系统后还是在双系统中，要共享它们都非常简单，只需找到该软件的安装路径，打开其安装目录，将该软件的执行文件创建一个快捷方式到桌面上就可以实现共享了。

第11章

系统的备份与还原

备份是电脑用户不可或缺的一项工作。它是为了避免当病毒入侵或是错误操作对操作系统带来较大的或致命的麻烦时，而造成数据丢失或重要文件损坏等后果做出的一种保护文件数据的措施。

用户可以在系统稳定时对磁盘中的某些或全部数据做成一个备份文件存储在其他地方，当系统出现问题时就可以利用这个备份文件进行还原。在本章中就将详细介绍系统的备份与还原操作。

要点导航
- 系统备份工具的使用
- 创建和使用还原点
- 用GHOST备份与还原
- 使用驱动精灵
- 其他数据的备份

11.1 系统备份工具的使用

Windows系统中一般都集成了备份工具,用户可以用它来对系统中的各种文件进行备份与还原操作。使用Windows系统自带备份工具的好处就是不需要安装第三方备份软件程序,直接打开备份工具就能对指定文件备份与还原。

关键词 备份工具、备份
难　度 ◆◆◆◆◇

11.1.1 使用备份工具备份文件

通过Windows XP系统中自带的备份工具,用户可以对系统与文件进行备份,将系统与文件以备份文件的形式保存起来。

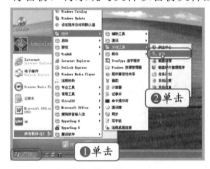

01 打开备份工具
单击桌面"开始"按钮,在弹出的"开始"菜单中依次单击"所有程序>附件>系统工具>备份"命令。

02 确认以向导模式启动
弹出"备份或还原向导"对话框,直接单击"下一步"按钮。

03 进入下一步设置
进入"备份或还原"界面,单击选中"备份文件和设置"单选按钮,然后单击"下一步"按钮。

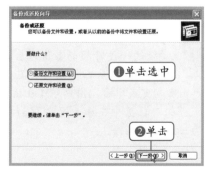

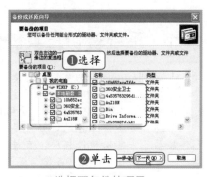

04 选择要备份的内容

进入"要备份的内容"界面，单击选中"让我选择要备份的内容"单选按钮，然后单击"下一步"按钮。

05 选择要备份的项目

在"要备份的项目"界面，在备份项目选择的列表框中选择指定项目，然后单击"下一步"按钮。

06 设置备份位置和名称

在"备份类型、目标和名称"界面中设置备份文件的保存位置和保存名称，然后单击"下一步"按钮。

07 完成设置

备份向导设置完毕，再切换到"正在完成备份或还原向导"界面，核对备份信息无误后单击"完成"按钮开始备份。

08 完成备份

经过一段时间的备份以后，备份结束，备份工具提示备份完成并显示提示信息。备份完成以后，用户即可在指定的备份文件保存位置中，看到已创建好的后缀名为.bkf的备份文件。

11.1.2 使用备份工具还原文件

创建文件备份的目的就是为了防止数据灾难的发生，如果某天文件因为意外事故而丢失或损坏，通过备份文件就可以恢复文件。

01 启动备份与还原向导
打开"备份或还原向导"对话框，单击"下一步"按钮。

02 选择要执行的操作
进入"备份或还原"界面，单击选中"还原文件和设置"单选按钮，然后单击"下一步"按钮。

新手提升：通过备份文件启动备份与还原工具

当在电脑中备份文件后，用户也可以直接通过双击产生的备份文件来启动备份与还原工具。

03 选择还原项目
在"还原项目"界面的"要还原的项目"列表框中选择想要还原的数据或文件，然后单击"下一步"按钮。

04 完成还原向导设置

经过以上操作后，还原向导设置完毕，单击"完成"按钮即可开始还原文件。

05 还原成功

经过一段时间的还原以后，还原文件成功并显示"已完成还原"的提示，单击"关闭"按钮即可。

11.2　创建和使用还原点

　　在使用电脑时，当用户安装一个程序或驱动程序时，就有可能会导致对电脑的异常更改或Windows行为异常。出现问题时，卸载程序或驱动程序一般能解决。但如果卸载并没有修复问题，用户就可以尝试使用还原点将系统还原到之前的一个运行正常的日期时的状态。

关键词　还原点、备份
难　度　◆◆◆◆◇

11.2.1　创建还原点

　　还原点就是表示系统运行时的一个状态，它记录了该时间的各种注册表信息、系统设置等内容，用户可以利用还原点将系统恢复到创建还原点时的状态。

01 打开"系统还原"对话框

在桌面依次单击"开始>所有程序>附件>系统工具>系统还原"命令，打开"系统还原"对话框。

02 选择创建还原点

在弹出的"系统还原"对话框的右侧，单击选中"创建一个还原点"单选按钮，然后单击"下一步"按钮。

03 输入还原点名

在"创建一个还原点"界面的"还原点描述"文本框内输入要创建的还原点的名称，单击"创建"按钮。

04 完成还原点创建

单击"创建"按钮以后，经过片刻创建后，系统便会弹出还原点已创建的提示，单击"关闭"按钮即可关闭该对话框。

11.2.2 使用还原点还原系统

还原点类似于备份文件，当系统发生故障时，就可以通过还原点让系统恢复到以前的正常状态。不过还原点只能备份系统状态，并不能备份个人文件资料。

01 选择要执行的任务

打开"系统还原"对话框，然后单击选中"恢复我的计算机到一个较早的时间"单选按钮，再单击"下一步"按钮。

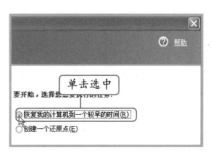

02 选择还原点

在"选择一个还原点"界面选择日期，并在日历右侧对应的列表框中选择想要使用的还原点，然后单击"下一步"按钮。

03 确定还原点

在切换到的"确认还原点选择"界面，系统会显示出被选中的还原点的日期与名称，单击"下一步"按钮即可开始还原。

04 正在还原

确定还原系统以后，系统便会重启电脑并根据还原点所记录的信息开始还原系统，在弹出的"系统还原"对话框中可看到系统还原的进度。

05 还原成功

经过一段时间的还原后，还原操作成功，电脑重启后系统将弹出提示系统恢复完成的对话框，单击"确定"按钮即可关闭该对话框。

11.3 用GHOST备份与还原

GHOST是一款非常出色的硬盘备份还原工具，可以实现FAT32、NTFS、OS2等多种硬盘分区格式的分区及硬盘的备份还原，又叫克隆软件。

关键词 GHOST、备份

难 度 ◆◆◆◆◇

11.3.1 认识GHOST操作界面

GHOST的操作界面是由几个英文菜单组合而成的，非常简单实用。GHOST操作界面常用英文菜单命令代表的含义如表11-1所示。

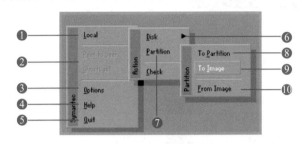

表11-1　GHOST常用英文菜单命令的含义

序号	名称	作用
❶	Local	本地操作，对本地计算机的硬盘进行操作
❷	Peer to peer	通过点对点模式对网络上计算机的硬盘进行操作
❸	Options	使用GHOST的一些选项，使用默认设置即可
❹	Help	使用帮助
❺	Quit	退出GHOST
❻	Disk	磁盘
❼	Partition	磁盘分区
❽	To Partition	将一个分区直接复制到另一个分区
❾	To Image	将一个分区备份为镜像文件，Image即为一种GHOST存放文件的格式，扩展名为.gho
❿	From Image	从镜像文件恢复分区，即将备份的分区还原

11.3.2 使用GHOST备份系统

使用GHOST工具的备份与还原功能不仅能够准确地将系统恢复到电脑发生故障以前的正常状态，而且非常的高效快速，操作也非常简单。使用GHOST备份操作系统必须在DOS环境下进行，一般来说，目前的GHOST都会自动安装启动菜单，因此就不需要再在启动时插入光盘来引导了。

01 启动GHOST

安装GHOST后，重启电脑，在开机启动菜单选择界面，选择"一键GHOST"项，然后按【Enter】键。

02 选择一键备份C盘

在进入的一键GHOST主菜单中，通过小键盘的方向键选择"一键备份C盘"项，然后按【Enter】键。

03 进入GHOST

成功运行GHOST后，该程序将会弹出一个启动画面，单击"OK"按钮即可继续操作。

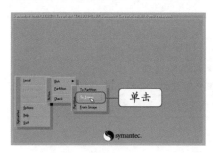

04 选择备份命令

在主界面中单击"Local>Partition>To Image"命令。

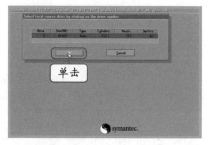

05 选择硬盘

进入源硬盘选择界面，从中选择需要备份的硬盘，单击"OK"按钮。

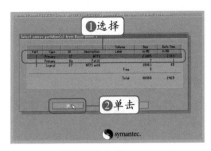

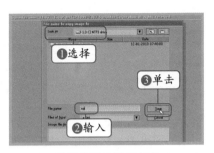

06 选择备份命令

　　进入选择分区界面，这里选择分区1，然后单击"OK"按钮。

07 设置保存位置和名称

　　进入备份文件保存界面，选择备份文件的存放路径并输入文件名称，然后单击"Save"按钮。

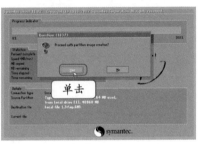

08 选择压缩方式

　　进入压缩备份文件确认界面，要求用户选择压缩方式，单击"Fast"按钮选择基本压缩方式。

09 确认备份

　　再次弹出"是否进行分区镜像创建"对话框，单击"Yes"按钮确认。

10 正在备份

　　确定压缩方式以后，GHOST即开始对所选分区进行备份。

11 完成备份

　　经过一段时间的备份以后，备份完成后单击"Continue"按钮。

11.3.3 使用GHOST还原系统

　　使用GHOST对分区数据进行备份以后，当以后遇到分区数据被破坏或数据丢失等情况时，就可以通过GHOST和镜像文件快速将分区还原。

　　如果备份的是系统分区，还可以将这个镜像文件还原到另外一个硬盘上，也就是说，利用GHOST就可以直接安装系统。因为GHOST安装系统的速度要远比使用系统安装光盘安装系统的速度快，所以现在很多人都选择使用GHOST来直接安装系统。

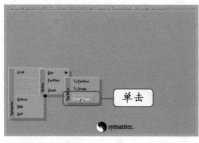

01 还原磁盘分区
在GHOST主界面中单击"Local>Partition>From Image"命令。

02 打开镜像文件
进入选择镜像文件界面，从中选择需要还原的镜像文件，然后单击"Open"按钮。

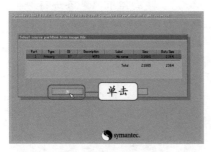

03 检查镜像文件信息
进入检查镜像文件信息界面，保持默认的设置，单击"OK"按钮。

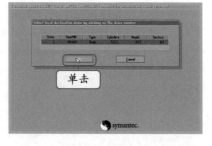

04 选择还原硬盘
进入选择目标硬盘界面，如果是双硬盘，通常选择第二块硬盘，单击"OK"按钮。

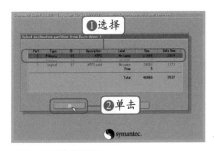

05 确定还原

在切换到的界面选择将要被还原或恢复的磁盘分区，然后单击"OK"按钮。

06 选择还原硬盘

进入选择目标硬盘界面，如果是双硬盘，通常选择第二块硬盘，单击"OK"按钮。

07 正在还原

单击"Yes"按钮以后，GHOST即开始还原磁盘分区，并显示还原进度。

08 还原完成

经过一段时间的还原后，GHOST还原成功，并弹出提示还原完成的对话框，单击"Reset Computer"按钮可重启电脑。

11.4 使用驱动精灵

驱动精灵是一款集驱动管理和硬件检测于一体的较为专业的驱动管理和维护工具。驱动精灵为用户提供驱动备份、恢复、安装、删除、在线更新等实用功能，一旦出现异常情况，驱动精灵就能在最短时间内让硬件恢复正常运行。

关键词 驱动精灵、备份
难　度 ◆◆◆◆◇

11.4.1 使用驱动精灵备份驱动程序

　　利用先进的硬件检测技术，配合驱动之家近十年的驱动数据库积累，驱动精灵能够智能识别绝大多数电脑硬件，并匹配相应驱动程序，提供快速的下载与安装。

　　用户不仅可以使用驱动精灵升级驱动，还可以使用它检查出详细的硬件配置。除此之外，驱动精灵的驱动备份技术可完美实现驱动程序备份过程，硬件驱动可被备份为独立的文件、Zip压缩包、自解压程序或自动安装程序，即使是重装了系统，也不用担心驱动程序的问题。驱动程序的备份过程如下。

01 启动驱动精灵
　　在电脑上安装驱动精灵后，在桌面上双击"驱动精灵"图标。

02 单击"驱动管理"按钮
　　在弹出的驱动精灵程序主界面导航栏中单击"驱动管理"按钮。

03 选择要备份的驱动程序
　　在切换到的界面中的"驱动备份"选项卡的左侧窗格，勾选想要备份的驱动程序复选框。

04 更改备份位置
　　在"备份设置"选项组中单击"我要改变备份位置"文字链接。

05 设置备份目录

在"驱动目录设置"选项组中单击"备份目录"右侧的"设置备份文件夹"按钮。

06 更改备份位置

弹出"浏览文件夹"对话框,选择备份文件的保存位置,然后单击"确定"按钮。

07 应用设置

完成设置后返回到系统设置界面,单击右下角的"应用"按钮。

08 开始备份

返回"驱动管理"界面,单击"开始备份"按钮。

09 正在备份

单击"开始备份"按钮以后,驱动精灵即开始对所选驱动程序进行备份,并显示备份进度。

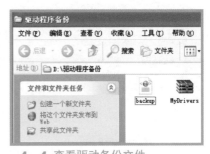

10 完成备份

当进度条走到100%时，即表示备份完成，单击上方的"打开备份文件夹"按钮。

11 查看驱动备份文件

系统将自动打开备份文件夹所在的窗口，此时可看到备份成功的文件。

11.4.2 使用驱动精灵还原驱动程序

成功备份驱动程序后，用户就不用担心驱动程序丢失、损坏了，因为驱动精灵可以通过原有的备份文件，将各自还原到当初备份时的状态。

01 选择要还原的驱动程序

切换至"驱动还原"选项卡，将自动显示已经被备份过的所有驱动程序，勾选需要还原的驱动。

02 单击"开始还原"按钮

确认要还原的驱动程序后，在"还原文件选择"选项组中单击"开始还原"按钮即可。

新手提升：硬件检测

通过驱动精灵，用户还可以对电脑硬件进行一个全面的认识。在驱动精灵主界面中单击"硬件检测"按钮，然后在各个选项卡下即可查看各个硬件设备的详细情况。

11.5 其他数据的备份

系统与重要文件的备份是为了防止发生数据灾难而造成的重大损失。除了这些以外，在日常生活中，很多人也会对其他各种常用数据进行备份，如备份Outlook邮件数据、IE收藏夹记录等，以便电脑在发生异常状况后，能够在最短的时间内恢复到正常使用时的状态。

关键词　IE收藏夹备份、QQ信息备份
难　度　◆◆◆◆◇

11.5.1 备份与还原IE收藏夹

在平时浏览网页的时候，不少用户都会将经典或自己喜欢的网页添加到收藏夹以方便使用。因此，收藏夹的备份也是非常有必要的。

01 单击"导入和导出"命令
打开IE浏览器，在IE浏览器菜单中执行"文件>导入和导出"命令。

02 进入下一步设置
在打开的"导入/导出向导"对话框中，单击"下一步"按钮。

03 选择将要执行的操作
在"导入/导出选择"界面，选择"导出收藏夹"项，然后单击"下一步"按钮。

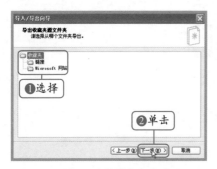

04 选择导出收藏夹源文件夹
在"导出收藏夹源文件夹"界面，选择将要导出的收藏夹源文件夹，然后单击"下一步"按钮。

05 单击"浏览"按钮
在"导出收藏夹目标"界面，单击"浏览"按钮，打开"请选择书签文件"对话框。

06 设置导出内容的保存路径
在打开的"请选择书签文件"对话框中，设置导出内容的保存路径，然后单击"保存"按钮。

07 备份文件
返回"导出收藏夹目标"界面以后，单击"下一步"按钮，完成导出收藏夹设置。

08 单击"完成"按钮
单击"下一步"按钮以后，即可看到已成功完成导入/导出向导的提示，单击"完成"按钮即可开始导出收藏夹。

09 单击"确定"按钮
稍等片刻以后，收藏夹导出成功并显示提示成功的"导入收藏夹"对话框，单击"确定"按钮即可。

温馨提示

备份好IE收藏夹后，如果将来系统出现问题或是IE收藏夹数据发生意外，就可以在步骤3中直接选择"导入收藏夹"项，然后按照向导提示将备份好的IE收藏夹导入回去就可以了。因为还原过程步骤与备份过程基本相同，在这里就不赘述了。

11.5.2　备份QQ个人设置与保存信息

QQ是国内用户使用最为广泛的即时聊天工具，很多用户在自己的电脑中设置了个性的QQ信息设置，还保存了不少有趣的QQ表情以及聊天记录等信息。因此，对QQ个人设置与保存信息进行备份也是非常有必要的。

在QQ2011版本中，打开QQ所在的文件夹的Users文件夹，就可以看到以自己QQ号命名的文件夹。在这个文件夹中，保存着关于这个QQ号的所有聊天记录、图片接收、QQ个人信息设置等信息，用户只需要将这个文件夹复制出来即可实现备份。在QQ发生意外状况时，将该文件夹粘贴到Users文件夹即可还原。

新手常见问题

1．"系统还原"与"备份"有何不同？

"系统还原"仅监视特定类型的系统文件与应用程序文件的核心设置（例如.exe文件、.dll文件等），而"备份"工具则不同，它通常是将所有的文件进行备份，包括用户的个人资料文件，以确保将一份安全的副本存储在本地磁盘或其他的介质上。"系统还原"不会监视用户的个人数据文件（例如文档、图片、电子邮件等）的更改，也不会还原这些文件。"系统还原"的还原点中包含的系统数据仅在一段时间内可以用于还原（默认情况下，超过 90 天的还原点会被删除），而"备份工具"制作出来的文件备份随时都可以使用。

2. 使用还原点还原系统后，还能够撤销还原吗？

使用还原点还原系统后，是可以撤销还原的。打开"系统还原"对话框，单击选中"撤销我上次的恢复"单选按钮，如下左图所示，然后单击"下一步"按钮。在"确认还原撤销"界面中会列出撤销的日期和名称，确认无误后单击"下一步"按钮。如下右图所示。此时计算机会自动重启并执行还原撤销操作，重启后会弹出"系统还原"对话框，提示已完成系统的还原撤销操作，单击"确定"按钮关闭对话框即可。

3. 怎样使用驱动精灵的向导模式来更新驱动程序呢？

除了可以使用驱动精灵来备份与还原驱动程序外，用户还可以通过驱动精灵来更新驱动程序，最简单的方法就是通过驱动精灵的向导模式来完成。在驱动精灵主界面中单击"驱动更新"按钮，然后单击"向导模式"标签，切换至"向导模式"选项卡，单击"开启向导"按钮，如下左图所示。弹出"驱动向导"对话框，然后根据向导提示依次单击"下一步"按钮即可完成驱动程序的更新，如下右图所示。

4．在使用GHOST备份系统的过程中，当选择存放备份文件时，为什么会出现乱码？

在使用GHOST备份系统的过程中，当选择存放备份文件时，出现乱码的原因有很多，可能是硬件问题造成乱码。比如硬盘有问题，或者内存有问题，还有就是硬盘的分区有问题。另外硬盘最好插在主通道的主盘上，如果插在其他插口上，也有可能造成乱码。

第12章

重装操作系统

作为电脑中最重要的软件部分,操作系统并不是安装之后就一劳永逸的。尽管许多用户在平时使用电脑时经常对系统进行清理和维护,但是随着电脑使用时间的增加,操作系统中所滞留的各种日志、错误报告、垃圾文件等数据也会越来越多。即使系统没有遭遇病毒或者受到其他错误操作,它的运行速度也会逐渐变慢。因此,用户在学习系统的安装与还原以后,再来学习系统的重装是非常有必要的。

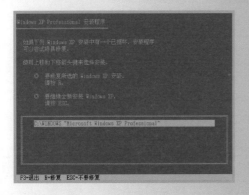

12.1 使用系统盘重装系统

在系统崩溃或发生较为严重故障的时候，很多用户都会选择使用系统安装盘来格式化原操作系统分区，然后再重装操作系统，这是最快速也最直接的方法。不过需要注意的是，在重装操作系统之前，用户最好使用各种工具对重要文件和设置进行备份。

关键词　**文件转移、重装**
难　度　◆◆◆◇◇

12.1.1 使用文件和设置转移向导

"文件和设置转移向导"可以帮助用户将原来计算机上的数据文件和个人设置转移到新计算机中，从而不需过多重复在原来计算机上已进行过的设置。

01 打开文件和设置转移向导
单击"开始"按钮，在弹出的"开始"菜单中，单击"所有程序>附件>系统工具>文件和设置转移向导"命令。

02 进入下一步设置
在弹出的"文件和设置转移向导"对话框中，单击"下一步"按钮，进入下一步设置。

新手提升：文件和设置转移向导的特性

在使用"文件和设置转移向导"时，密码不随程序转移，这也是"文件和设置转移向导"的一个特性，以免用户泄露密码。

03 选择计算机

在弹出的"这是哪台计算机?"界面,选择是新计算机还是旧计算机,然后单击"下一步"按钮。

04 准备进入下一步设置

单击"下一步"按钮以后,文件和设置转移向导即将进入下一步设置,用户只须耐心等待即可。

05 选择转移方法

在切换到的"选择转移方法"界面,单击选中"其他"单选按钮,然后单击"浏览"按钮。

06 设置文件夹路径

在弹出的"浏览文件夹"对话框中,选择将要设置保存的文件夹,然后单击"确定"按钮。

07 进入项目选择界面

在返回的"选择转移方法"界面,单击"下一步"按钮,进入项目选择界面。

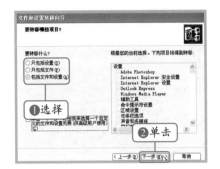

08 选择要转移的项目

在切换到的"要转移哪些项目"界面，选择将要转移的项目，然后单击"下一步"按钮。

09 正在转移

单击"下一步"按钮以后，文件和设置转移向导即开始对所选项目进行转移，并显示转移进度。

10 完成收集

经过一段时间的收集后，各种文件和设置信息收集完成，单击"完成"按钮即可关闭文件和设置转移向导。

12.1.2 使用系统盘重装Windows XP系统

在重装操作系统时，用户使用最多的就是使用系统安装光盘重装系统了，这是最快也是最彻底的办法。

01 重装操作系统

设置电脑为光盘启动，并在光驱中放入系统安装光盘，然后重启电脑，在系统安装欢迎界面按【Enter】键开始重装系统。

02 搜索相关信息
按【Enter】键以后，安装程序即开始搜索以前不同版本的Windows系统。

03 选择全新安装
稍等片刻以后，安装程序列出了所能搜索到的其他操作系统。如果用户不想修复系统，则直接按【Esc】键进入下一步操作。

04 选择安装分区
在磁盘分区选择界面，选择将要将系统装入的磁盘分区。一般在这里都选择原系统分区，然后按【Enter】键开始安装系统。

05 继续安装
如果选择安装到原系统分区，则安装程序会提示该分区已有一个操作系统。用户不必理会，直接按【C】键继续安装即可。

06 格式化分区
在进入的格式化分区选择界面，选择使用NTFS文件系统格式或FAT文件系统格式化磁盘分区，然后按【Enter】键。

07 正在安装

　　经过以上操作，安装程序格式化磁盘分区以后即开始复制安装文件进行系统安装，随后的步骤与全新安装Windows XP操作系统的方法相同。

12.1.3　使用系统盘重装Windows 7系统

　　使用安装光盘重装Windows 7系统的步骤与使用光盘重装Windows XP的步骤类似，格式化系统所在分区之后即可重装操作系统。

01 选择安装语言

　　设置电脑为光盘启动，并在光驱中放入Windows 7系统安装光盘，然后重启电脑，在系统安装欢迎界面选择安装语言开始重装系统。

02 格式化系统分区

　　经过设置以后，在切换到的磁盘分区选择界面，选择原系统所在分区，然后单击"格式化"文字链接。

03 确认格式化

　　弹出确认提示对话框，确认要在该磁盘分区上重装系统后，单击"确定"按钮，确定格式化。

04 开始安装
此时即可开始安装Windows 7操作系统，后面的操作与全新安装Windows 7操作系统的方法相同。

温馨提示

操作系统的重装一般都遵循先格式化原系统分区，再重装操作系统的顺序。除了界面以外，Windows Server 2003、Windows Server 2008、Linux等操作系统重装过程的原理与上面两种操作系统的重装过程都相差不大。

12.2　使用Windows PE重装系统

在平时重装或修复操作系统时，很多用户可能经常会听到启动盘、Windows PE之类的名词。因为之前很少接触到这一类的知识，可能用户就会觉得启动盘相关知识比较高深，其实不然。下面就将详细介绍如何制作启动盘以及如何在Windows PE环境下重装系统。

关键词　启动盘、Windows PE
难　度　◆◆◆◇◇

12.2.1　认识系统启动盘

系统启动盘就是用户使用光盘、U盘、软盘等工具制作的，在系统瘫痪或系统崩溃时，用来启动电脑，帮助用户找出故障并恢复的启动工具。常见的启动盘一般有以下几种。

01 Windows 9x/Me启动盘

Windows 9x/Me的启动盘又称为紧急启动盘或安装启动盘，它指的是一种具有特殊功能的软盘，主要用于当Windows 9x/Me系统完全瘫痪时启动计算机，以便查找故障原因或重装系统。

需要注意的是，如果要使用所制作的启动盘来启动操作系统，应在

BIOS中设置为首先从软盘启动系统。不过，随着系统的更新换代，这类启动盘已经开始退出历史舞台了。

02 Windows NT/2000启动盘、紧急修复盘

当安装Windows NT/2000时，只要在Windows NT或Windows NT32后加上"/X"（表示禁止安装过程中创建安装引导盘）或"/b"（表示安装引导盘装载在硬盘上）的后缀，那么在安装过程中，Windows NT都会提示让用户插入三张软盘（Windows 2000为四张软盘）来生成安装启动盘。另外，在随后的安装过程中，还将询问用户是否想创建紧急修复磁盘，微软一般把它称为Emergency Repair Disk，简称ERD。

安装启动盘的主要作用是用来进行全新安装Windows NT/2000；而紧急修复盘则包含了关于当前Windows系统设置的信息，如果电脑不能启动或是系统文件被误删或遭到损坏，就可以使用紧急修复盘来修复计算机。

03 Windows XP启动盘

Windows XP启动盘的作用也和前面两种启动盘类似，不过Windows XP系统光盘中并未自带启动盘制作文件。用户需要从微软官方网站自行下载启动盘制作程序，不过不同版本的Windows XP需要下载不同版本的启动盘制作程序，这显得非常麻烦。因此，不少用户选择使用其他工具来制作Windows XP启动盘。

12.2.2 使用USBoot制作U盘启动盘

现在很多U盘都支持启动电脑，但在以前如果要制作启动型U盘，需要进入Windows 98，为了制作一张启动盘而安装一个Windows 98系统，相当麻烦。而USBoot则是可以在XP/2000等环境下运行制作启动盘的小软件。

01 启动USBoot工具

双击USBoot软件图标，启动USBoot引导型U盘制作工具。

02 确定使用USBoot工具

弹出提示使用USBoot工具有一定危险性的"警告"对话框时，单击"确定"按钮。

03 选择工作模式

在弹出的USBoot工具窗口中选中将要制作成启动盘的U盘。单击"点击此处选择工作模式"文字链接。

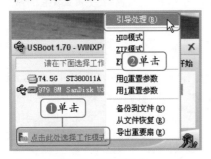

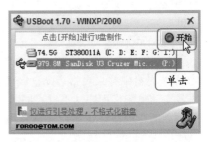

04 选择引导处理模式

单击"点击此处选择工作模式"文字链接后，在弹出的菜单中单击"引导处理"命令。

05 开始制作启动盘

选择"引导处理"模式以后，单击"开始"按钮即可开始制作启动盘。

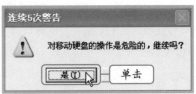

06 确定制作启动盘

弹出"警告"对话框，单击"确定"按钮。

07 确定继续操作

在弹出的"连续5次警告"提示对移动硬盘的操作是危险的对话框中，单击"是"按钮，确定继续进行操作。

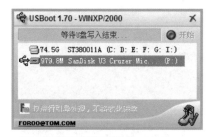

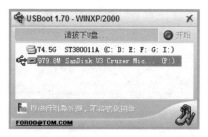

08 正在制作启动盘
经过以上操作以后，USBoot工具即开始制作U盘启动盘。

09 拔下U盘
在制作启动盘的过程中，USBoot工具会要求用户拔下U盘。

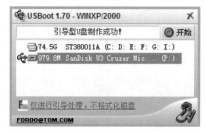

10 插上U盘
拔下U盘之后，USBoot工具会要求再次插上U盘，将U盘与电脑连接。

11 制作成功
经过一段时间的制作以后，U盘启动盘即可制作成功。

12.2.3 使用制作的U盘启动盘重装系统

在制作U盘启动盘以后，接下来就可以使用启动盘引导系统进入Windows PE微型系统环境来修复或重装系统了。

01 设置为U盘启动
将启动盘与电脑连接，启动电脑，进入BIOS并设置"Removable Devices"为第一顺序，即移动设备首先启动，然后按【Enter】键。

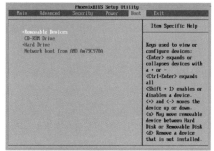

02 运行Windows PE系统
设置BIOS为移动设备首先启动后，弹出启动引导界面，选择"运行 Windows PE迷你维护系统"选项，然后按【Enter】键。

03 进入Windows PE系统
经过以上设置以后，系统便开始尝试进入Windows PE迷你系统。

04 显示桌面
经过一段时间启动后，Windows PE系统启动成功后即可看到Windows PE系统桌面。

05 加载镜像光盘
在进入Windows PE后，右击U盘中或电脑硬盘中的XP镜像光盘，在弹出的快捷菜单中单击"UltraISO>加载到驱动器G:"命令。

06 打开光盘文件
将镜像光盘加载进虚拟光驱以后，打开"我的电脑"窗口，然后双击加载了镜像光盘的虚拟光驱。

07 启动XP安装程序
在弹出的XP安装程序界面，单击"安装Windows XP Pro SP2"文字链接。如果光盘没有自动播放功能，也可打开光盘文件夹，双击"setup.exe"文件开始安装。

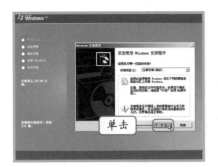

08 选择安装类型
启动XP安装程序以后，在弹出的"您想执行哪一类型的安装？"界面，保持默认的"全新安装"类型，单击"下一步"按钮。

09 同意协议
在切换到的"许可协议"界面，勾选"我接受这个协议"复选项，然后单击"下一步"按钮。

10 正在安装XP系统
同意许可协议以后，按照安装程序的设置依次设置安装相关的内容。因为在前面已经介绍过设置的方法，在这里就不赘述了。设置完毕后，安装程序即开始重装XP系统。

新手常见问题

1. 什么是Windows PE？

Windows PE 是 Windows Preinstallation Environment（Windows 预先安装环境）的简称，实质上就是只提供了Windows NT基本内核和基本驱动的操作系统，是为了提供轻量级的 Windows 执行环境，以简化 OEM 厂商将 Windows 系统工具部署到电脑的流程。可直接在光盘上运行，无须访问硬盘，可以在不安装系统的情况下，在光盘中进行硬件诊断、上网、对硬盘分区、分区访问，以及一些日常的应用。

2. 制作启动盘的U盘一般要多大容量？

制作启动盘的U盘一般要求的容量不是很大，通常制作Windows XP启动U盘需具有256MB的空间，制作Windows 7启动U盘需4GB以上空间。

3. 将U盘制成启动盘后还能复制文件吗？

将U盘制成启动盘后，同样还能向U盘中复制文件，但前提条件必须是U盘的容量可以容得下要复制的文件。

4. 将U盘接入电脑前面的接口处，为什么无法识别？

如果将U盘接入电脑前面的接口后，电脑无法自动识别所插入的U盘，则可以先用其他U盘插上试试，如果其他的U盘能够被识别，就是这个U盘坏了。反之，就是USB驱动或该接口有问题，则可以另换一个USB接口试试。

第13章

系统的优化与
维护

要点导航
- Windows XP系统优化
- 使用Windows 7优化大师
- 磁盘检查与整理
- 超级兔子的使用
- 瑞星杀毒软件的使用

随着电脑使用的时间越来越久，其积累的各种临时文件也会越来越多，而且随着用户不断地安装与卸载各种第三方软件，也会遗留不少的垃圾文件。这些文件的存在不仅会造成磁盘空间的浪费，也会影响到系统运行速度的快慢。

要想提高电脑性能、让电脑运行速度长期保持在一个较为良好的状态下，对系统进行优化和各种日常维护就必不可少。

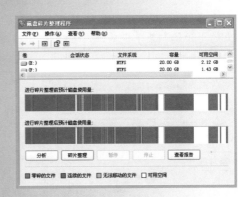

13.1　Windows XP系统优化

Windows XP以后的系列操作系统都有很多类似的地方，诸如桌面系统面向对象的操作方式，窗口/文件的使用模式等。因此Windows系统的优化也有着许多共同点，如取消加载不必要的启动项目，通过注册表优化开关机速度等。

关键词　启动项、开关机速度、自动播放、虚拟内存
难　度　◆◆◆◇◇

13.1.1　减少不必要的启动加载项

开机和关机的速度快慢与开机时要启动的项目和关机时要关闭的项目的数量有着很大的关系，因此不少用户都会减少那些不必要的启动项，以提高开/关机的速度。

01 打开"运行"对话框
单击"开始"按钮，在弹出的"开始"菜单中单击"运行"命令。

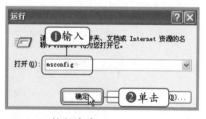

02 执行命令
在弹出的"运行"对话框中的"打开"文本框中输入"msconfig"命令，然后单击"确定"按钮。

03 取消不需要的启动项
在弹出的"系统配置实用程序"对话框中，单击"启动"标签，切换到"启动"选项卡，取消勾选不需要的启动项，仅勾选需启动项，然后单击"确定"按钮。

04 重启电脑
单击"确定"按钮以后，在弹出的"系统配置"对话框中，单击"重新启动"按钮，重启电脑使设置生效。

13.1.2 优化开/关机速度

除了通过减少不必要的启动项来实现开机加速以外，修改注册表的键值也能达到优化开/关机速度的效果。

01 单击"运行"命令
单击"开始"按钮，在弹出的"开始"菜单中单击"运行"命令。

02 执行命令
在"打开"文本框中输入"regedit"命令，单击"确定"按钮。

03 展开列表
在左侧窗口依次展开HKEY_CURRENT_USER>Control Panel>Desktop列表。

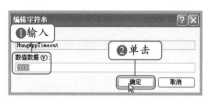

04 打开"编辑字符串"对话框
在"Desktop"选项的右侧列表中，双击"HungAppTimeout"选项。

05 设置数值数据
在弹出的"编辑字符串"对话框中，设置数值数据为2000，然后单击"确定"按钮。

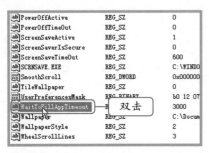

06 打开"编辑字符串"对话框
设置完毕"HungAppTimeout"选项的数值数据后，双击"WaitToKillAppTimeout"选项。

07 设置数值数据
在弹出的"编辑字符串"对话框中，设置数值数据为1000，然后单击"确定"按钮。

08 打开Control列表
在打开的"注册表编辑器"窗口，展开左侧窗口HKEY_LOCAL_MACHINE>SYSTEM>CurrentControlSet>Control列表。

09 打开"编辑字符串"对话框
在"Control"选项的右侧列表中，双击"WaitToKillServiceTimeout"选项。

10 设置数值数据
在弹出的"编辑字符串"对话框中，设置"WaitToKillServiceTimeout"选项的数值数据为1000，然后单击"确定"按钮。

11 打开Desktop选项列表
在打开的"注册表编辑器"窗口中，依次展开左侧窗口的HKEY_USERS>S-1-5-19>ControlPanel>Desktop列表。

12 打开"编辑字符串"对话框
在"Desktop"选项的右侧列表中，双击"HungAppTimeout"选项。

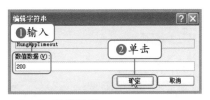

13 设置数据
在弹出的"编辑字符串"对话框中，设置"HungAppTimeout"选项的数值数据为200，然后单击"确定"按钮。

温馨提示

HungAppTimeout指等待没有回应的程序的时间，而WaitToKillServiceTimeout则是指自动终止服务的时间，如果超过这个时间服务未能终止，系统将强制关闭服务。因为系统中某些服务的停止本来就需要较长时间，因此并不建议将这些键值设得过低。

13.1.3 关闭光盘自动播放

在使用电脑的时候，很多用户将光盘放入光驱后，系统就会自动从光驱中读取，如果用户此时正在运行其他大型程序，就有可能导致电脑运行速度突然变慢，甚至引发死机现象。

因此，很多人都选择关闭光盘自动播放功能，通过手动来选择自己所需的光盘文件。屏蔽光盘自动播放的步骤如下。

01 单击"运行"命令

单击"开始"按钮，在弹出的"开始"菜单中单击"运行"命令。

02 打开"组策略"窗口

在"打开"文本框中输入"gpedit.msc"命令并单击"确定"按钮。

03 展开"系统"列表

在弹出的"组策略"窗口中，依次单击展开"用户配置>管理模板>系统"列表。

04 双击"关闭自动播放"命令

在展开的"系统"列表右侧，双击"关闭自动播放"选项。

温馨提示

简单地说，组策略设置就是修改注册表中的配置，它使用了更完善的管理组织方法，可以对各种对象中的设置进行管理和配置，远比手工修改注册表方便、灵活，功能也更加强大。

05 关闭自动播放

在弹出的对话框中单击选中"已启用"单选按钮，然后单击"应用"按钮保存设置即可关闭自动播放。

13.1.4 设置虚拟内存

　　众所周知，内存在电脑中起着举足轻重的作用，电脑中所有运行的程序都需要经过内存来执行，如果执行的程序过大或过多，就会导致内存消耗殆尽。为了解决这个问题，Windows中运用了虚拟内存技术，即拿出一部分硬盘空间来充当内存使用，当内存占尽时，电脑就会自动调用硬盘来充当内存，以缓解内存的紧张。虚拟内存的设置过程如下。

01 打开"系统属性"对话框
　　右击"我的电脑"图标，在弹出的快捷菜单中单击"属性"命令，打开"系统属性"对话框。

02 设置性能
　　在弹出的"系统属性"对话框中切换到"高级"选项卡，单击"高级"选项卡中的"设置"按钮。

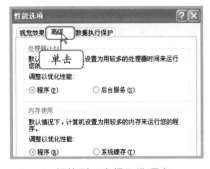

03 切换到"高级"选项卡
　　在弹出的"性能选项"对话框中，单击"高级"标签，切换到"高级"选项卡。

04 打开"虚拟内存"对话框
　　在"高级"选项卡中，单击"虚拟内存"选项组下的"更改"按钮，打开"虚拟内存"对话框。

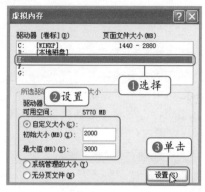

05 设置虚拟内存

在弹出的"虚拟内存"对话框中，选择想要设置虚拟内存的磁盘分区，单击选中"自定义大小"按钮，设置虚拟内存的初始大小与最大值，然后单击"设置"按钮。

06 重启电脑使改动生效

经过以上设置以后，即成功设置了虚拟内存，并在弹出的"系统控制面板小程序"对话框中单击"确定"按钮，然后关闭所有对话框重启电脑使改动生效。

13.2　使用Windows 7优化大师优化系统

Windows 7系统是微软继Windows Vista系统之后推出的一款全新操作系统。在经过不断地修复与更新以后，Windows 7系统终于正式被人们所接受并被广泛使用。目前，最常见的优化Windows 7系统的软件就是Windows 7优化大师。

关键词　Windows 7优化大师、自动优化、清理文件
难　度　◆◆◆◇◇

13.2.1 自动优化Windows 7 系统

Windows 7 优化大师又称Windows 7 Master，它是微软Windows 7系统优化最强有力的工具，也是国内第一个专业优化微软Windows 7的超级工具，同时还是最好的Windows 7优化设置和管理软件。

Windows 7与Windows XP类似，在系统中有许多不需要的服务和功能，用户可以通过选择性地关闭这些服务与功能来达到优化系统的目的。

01 启动优化大师

双击桌面的"Win7优化大师"图标，启动Win7优化大师程序。

02 单击"是"按钮

弹出"用户账户控制"对话框，单击"是"按钮。

03 开始优化系统

在弹出的对话框中，勾选想要优化项目的复选框，然后单击"保存优化设置，下一步"按钮。

04 网络优化

在切换到的网络优化界面单击选择正在使用的上网方式，然后单击"保存优化设置，下一步"按钮。

05 IE优化

在切换到的IE优化界面，设置IE默认搜索引擎、IE主页，然后单击"保存优化设置，下一步"按钮。

06 服务优化

在切换到的服务优化界面，勾选要关闭的服务复选框，单击"保存优化设置，下一步"按钮。

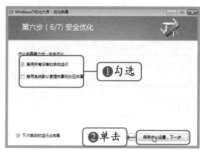

07 根据需要优化服务

在切换到的服务优化界面中，用户可以根据自己的需求来勾选想要关闭的服务复选框，然后单击"保存优化设置，下一步"按钮。

08 安全优化

在切换到的安全优化界面，勾选想要优化的安全选项复选框，然后单击"保存优化设置，下一步"按钮。

09 优化结束

经过以上操作，在优化向导中显示优化结束的提示，单击"优化结束，完成本向导"按钮关闭该对话框，进入文件清理界面。

新手提升：取消自动启动优化向导功能

在默认情况下，Windows 7优化大师在第一次启动的时候，会直接自动进入优化向导，如果取消勾选"下次启动运行此向导"复选框，在下一次启动Windows 7优化大师的时候，将不会自动进入优化向导。

13.2.2 清理系统垃圾文件

在Windows 7中，随着使用电脑的时间的增长，系统内部积累的垃圾文件也会越来越多，尤其是Windows 7系统本身占有的空间也十分庞大，垃圾文件的大量囤积不但会造成磁盘分区空间不足，更会明显地影响系统运行的速度。因此，对Windows 7进行定期的文件清理是非常有必要的。

01 打开系统清理大师

打开Windows 7优化大师，并在程序主界面的导航栏中单击"系统清理"按钮。

02 选择清理位置

在弹出的"系统清理大师"窗口中，单击"垃圾文件清理"文字链接，然后勾选要进行清理的磁盘分区。

03 开始查找垃圾文件

选择要清理垃圾的磁盘分区后，单击界面底部的"开始查找垃圾文件"按钮。

04 正在查找垃圾文件

单击"开始查找垃圾文件"按钮以后，Windows 7系统清理大师即开始查找存在磁盘分区中的垃圾文件。

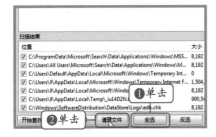

05 清理垃圾文件

系统清理大师查找垃圾文件完毕后，单击界面底部的"全选"按钮，然后单击"清理文件"按钮。

06 确定清理文件

在弹出的询问是否确定删除所选文件的警告对话框中，单击"是"按钮，确定清理文件。

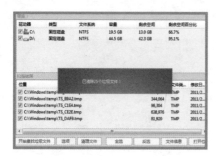

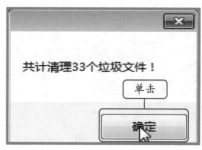

07 正在清理文件

单击"是"按钮以后，Windows 7系统清理大师即开始清理文件。

08 完成清理

经过一段时间的清理后，清理完成，在弹出的对话框中单击"确定"按钮即可。

13.3　磁盘检查与整理

　　用户在平时对电脑的操作中，总是伴随着大量的数据读写。这些数据读写操作不仅会产生一定量的垃圾文件，也会产生一些磁盘碎片。随着电脑使用的日子越久，这些垃圾文件和磁盘碎片也就越多，从而影响系统的运行速度。因此，必须对磁盘进行定期检查与碎片整理。

关键词　磁盘检查、磁盘碎片
难　度　◆◆◆◇◇

13.3.1 磁盘检查与清理

　　磁盘的清理是指搜索查找磁盘分区的垃圾文件，然后选择不需要的垃圾文件并将其删除，以达到释放出更多可用磁盘空间的目的。

01 单击"属性"命令

打开"我的电脑"窗口，右击需要清理的磁盘分区，在弹出的快捷菜单中单击"属性"命令。

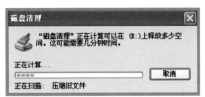

02 打开"磁盘清理"对话框
在弹出的磁盘属性对话框的"常规"选项卡中，单击"磁盘清理"按钮。

03 计算可释放磁盘空间
单击"磁盘清理"按钮后，即可看到系统正在计算，通过整理磁盘能释放出多少磁盘空间。

04 选择所要删除的文件
在弹出的磁盘清理对话框中，勾选想要删除的文件，然后单击"确定"按钮，开始清理磁盘分区。

05 确定清理
在弹出的询问确定是否确信执行操作对话框中，单击"是"按钮，确定清理磁盘。

06 正在清理磁盘
确定清理磁盘后，系统即开始对磁盘进行清理并显示清理进度。

新手提升：检查磁盘

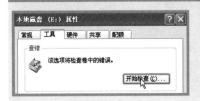

为了提高电脑的运行速度，用户可以对磁盘进行检查，以查看磁盘上是否有文件错误、是否有坏扇区等。在磁盘分区属性对话框中切换至"工具"选项卡，然后单击"开始检查"按钮即可。

13.3.2 磁盘碎片的分析与整理

磁盘碎片又被称为文件碎片，它是文件被分散保存到整个磁盘的不同地方，而不是连续地保存在磁盘连续的簇中形成的。少量的磁盘碎片并不会对系统造成较大的影响，但如果磁盘碎片过多则会使系统在读文件的时候来回寻找，引起系统性能下降，严重的还会缩短硬盘寿命。

01 磁盘碎片产生原因

用户在对文件进行操作的过程中，系统可能会经常调用虚拟内存来同步管理程序，这样就会导致各个程序对硬盘频繁读写，从而产生磁盘碎片。另外，当一个扇区内容被删除后，又被新写入一个较小的文件。这样在这个文件两边就会出现一些空间，这时候再写入一个文件，两段空间的任意一部分都不能容纳该文件，这时就需要将文件分割成两个部分，碎片再次产生。

最常见的就是下载电影、音乐之类的文件，下载过程中用户一般都会处理其他事情，从而导致下载的电影文件被迫分割成若干个碎片存储于硬盘中。除此之外，经常删除、添加文件也会产生大量的磁盘碎片。

02 整理磁盘碎片

当磁盘碎片过多的时候，就会引发系统在磁盘中来回寻找数据，延长了数据读取的时间，从而导致系统性能下降。因此，定期整理磁盘碎片是非常有必要的。

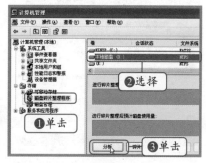

01 单击"管理"命令
在桌面上右击"我的电脑"图标，在弹出的快捷菜单中单击"管理"命令。

02 分析磁盘分区
在弹出的"计算机管理"窗口中，单击左侧的"磁盘碎片整理程序"选项，然后选择想要分析的磁盘分区，单击"分析"按钮。

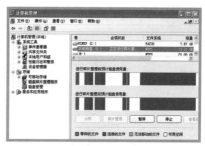

03 得出分析结果

经过一段分析时间后，系统弹出分析结果显示对话框。如系统提示为"您应该对该卷进行碎片整理"，然后单击"碎片整理"按钮。

04 正在整理磁盘碎片

单击"碎片整理"按钮后，碎片整理程序开始对所选的磁盘分区进行碎片整理，并显示整理进度。

05 完成磁盘碎片整理

经过一段时间碎片整理后，系统弹出提示碎片整理完成的对话框，单击"关闭"按钮即可。

13.4 超级兔子的使用

超级兔子是一个完整的系统维护工具，可以清理绝大多数文件、注册表中的垃圾，同时还有强力的软件卸载功能，可专业卸载部分软件在电脑内的所有记录。

关键词 超级兔子、清理垃圾
难　度　◆◆◆◇◇

13.4.1 使用超级兔子清理垃圾文件

垃圾文件是系统运行的必然产物，垃圾文件的囤积，也必然会导致系统的性能下降。超级兔子是目前国内最好的系统维护软件之一，它具有强大的垃圾文件清理功能，能快速查找并删除滞留在系统中的垃圾文件。

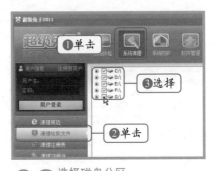

01 启动超级兔子
　　双击桌面上的"超级兔子"图标，启动超级兔子系统维护软件。

02 选择磁盘分区
　　在弹出的超级兔子程序主界面中，单击"系统清理"按钮，在左侧单击"清理垃圾文件"选项，然后选择要进行清理垃圾文件的磁盘分区。

03 单击"开始扫描"按钮
　　选择要清理系统垃圾文件的磁盘分区后，单击"开始扫描"按钮。

04 单击"立即清理"按钮
　　扫描系统垃圾文件完成后，单击"全选"按钮，然后单击"立即清理"按钮即可。

13.4.2 使用超级兔子清理注册表

　　Windows注册表保存关于系统默认数据和辅助文件的位置信息、菜单、按钮条、窗口状态和其他可选项等信息，它同样也保存着安装信息、安装用户、软件版本与序列号等资料。随着系统使用的时间越来越久，注册表中所积累的无用数据也越来越多，从而影响系统的运行速度，因此必须定时清理注册表才能保证系统的高效运行。

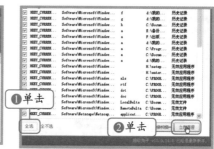

01 扫描注册表
　　启动超级兔子,在主界面中单击"系统清理"按钮,在其左侧单击"清理注册表"选项,此时超级兔子将自动扫描注册表中的无用文件。

02 清理注册表
　　扫描完成后,将自动显示出注册表中无用的注册表信息,单击"全选"按钮,然后单击"立即清理"按钮即可。

13.5 瑞星杀毒软件的使用

　　瑞星杀毒软件是一款基于瑞星"云安全"系统设计的新一代杀毒软件。它能够通过对恶意网页行为的监控,阻止木马、病毒通过网站入侵用户电脑,将木马、病毒威胁拦截在电脑之外,也可以扫描并查杀电脑中的病毒。

关键词　瑞星杀毒软件、
升级软件、查杀病毒
难　度　◆◆◆◇◇

13.5.1 升级杀毒软件

　　由于电脑病毒具有很强的生存能力,而且新病毒也在不断地出现,用户可以通过升级病毒库来查杀一些比较顽固或新出现的病毒。

01 启动瑞星杀毒软件
　　安装瑞星杀毒软件后,在桌面上双击"瑞星杀毒软件"图标,启动瑞星杀毒软件。

02 升级杀毒软件
打开"瑞星杀毒软件"窗口，单击"软件升级"文字链接。

03 开始升级
弹出"智能升级正在进行"对话框，此时升级程序将自动检查软件版本型号并选择最新版本进行升级。

04 完成升级
升级完成后返回"瑞星杀毒软件"窗口，在窗口右下角将看到程序版本已是最新信息。

13.5.2 扫描电脑

利用瑞星杀毒软件扫描电脑，可以检查电脑是否被感染了电脑病毒。如果被感染了，则可以通过瑞星杀毒软件来查杀，如果没有被感染则可以放心使用电脑。下面介绍使用瑞星杀毒软件扫描电脑病毒的方法。

01 选择查杀方式
启动瑞星杀毒软件，切换到"杀毒"选项卡，然后选择一种查杀方式，这里单击"全盘查杀"按钮。

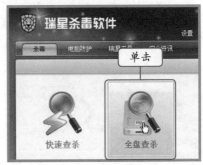

02 正在扫描电脑

单击"全盘查杀"按钮后，此时瑞星杀毒软件开始对所有磁盘分区进行扫描，并显示其扫描进度。

03 查看扫描结果

完成扫描后，会自动在主界面中显示本次扫描后的结果。

新手常见问题

1. 听说开机显示的欢迎界面会影响开机速度，我应该怎样关闭该界面？

　　要关闭开机时显示的欢迎界面，最简单的方法就是在用户账户窗口中进行设置。在任务栏上单击"开始"按钮，在弹出的菜单中单击"控制面板"命令，打开"控制面板"窗口，双击"用户账户"图标，在打开的"用户账户"窗口中单击"更改用户登录或注销的方式"文字链接，如下左图所示。切换到"选择登录和注销选项"界面，取消勾选"使用欢迎屏幕"复选框，然后单击"应用选项"按钮即可，如下右图所示。

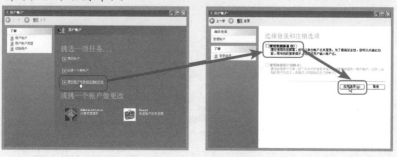

2. 怎样禁用不使用的硬件设备？

对大多数家庭用户来说，在平时使用电脑的时候，很多硬件都不是经常被使用的，如光驱、打印机、扫描仪等。这时，用户就可以选择禁用这些设备，以此来保护硬件，也能在一定程度上提高电脑性能。打开"计算机管理"窗口，单击左侧窗格的"设备管理器"选项，在"计算机管理"窗口右侧显示的设备列表中右击想要停用的设备，然后在弹出的快捷菜单中单击"停用"命令，如下左图所示。在弹出的警告对话框中单击"是"按钮，确定要禁用该设备，如下右图所示。

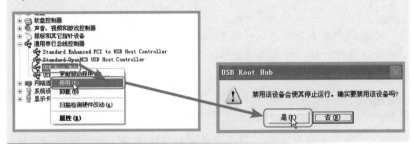

3. 怎么停用不需要使用的系统服务？

在每次启动Windows XP时，总会有相当多的程序或服务被调入到系统的内存中，用来控制Windows系统的硬件设备、内存、文件管理或者其他重要的系统功能。用户完全可以根据自己的需要，适当禁用自己不需要的系统服务，这样不仅可以节约系统资源，加快系统运行速度，而且还能起到保护系统安全的作用。在桌面上单击"开始"按钮，在弹出的菜单中单击"运行"命令，在"打开"文本框中输入services.msc命令，然后单击"确定"按钮，如下左图所示。打开"服务"窗口，选择要停用的系统服务，然后单击"停止服务"按钮即可，如下右图所示。

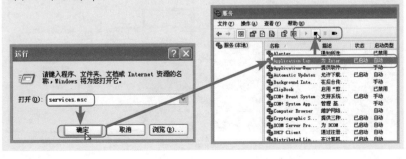

4. 病毒和木马具有哪些危害性？

在计算机病毒出现的初期，说到计算机病毒的危害，往往注重病毒对信息系统的直接破坏作用，比如格式化硬盘、删除文件数据等，并以此来区分恶性病毒和良性病毒。其实这些只是病毒劣迹的一部分，随着计算机应用的发展，人们深刻地认识到凡是病毒都可能对计算机信息或系统造成严重破坏。病毒的危害性主要表现在以下几个方面：占用磁盘空间、抢占系统资源、影响计算机运行速度等。

而木马的发作则要在用户的机器里运行客户端程序，一旦发作，就可设置后门，定时发送该用户的隐私到木马程序指定的地址，而且一般情况下也会内置可进入该用户电脑的端口，并可任意控制此计算机，进行文件删除、复制、改密码等非法操作。

第14章

数据恢复

目前，电脑在人们日常生活中所起的作用越来越重要，数据的安全性也开始逐渐得到了人们的重视。

在对电脑进行操作的时候，人们总是会遇到诸如误删、系统崩溃等情况，从而导致数据的丢失。如果这些数据没有备份，就可能造成重大损失。于是，数据恢复软件应运而生，用来恢复在各种意外情况下丢失的数据。

要点导航

- 认识磁盘的最小单位
- 修复坏磁盘扇区
- 利用chkdsk命令修复坏扇区
- 恢复硬盘丢失的数据
- 使用FinalData恢复数据
- 使用EasyRecovery恢复数据

14.1 修复磁盘坏扇区

由于硬盘采用磁介质来存储数据，在经历长时间的使用或者使用不当之后，难免会发生一些问题，也就是磁盘坏道。当磁盘扇区中的磁盘坏道过多，并且又没能得到及时处理，就很可能导致坏道扩展，造成整个磁盘扇区坏掉。

关键词　修复、磁盘扇区
难　度　◆◆◆◇◇

14.1.1 认识磁盘的最小单位——分配单元

分配单元又称簇，它是指操作系统为每一个单元地址划分的空间大小。比如说一栋楼，将它划分为若干个房间，每个房间的大小一样，同时给每个房间一个房间号。这时，每个房间的大小就是分配单元。每个分配单元只能存放一个文件，文件就是按照这个分配单元的大小被分成若干块存储在磁盘上的。比如一个512B的文件，当分配单元为512B时，它占用512B的存储空间；一个513B的文件，当分配单元为512B时，它占用1024B的存储空间，也就是说，分配单元越小越节约磁盘空间。

不过，分配单元越小，在某种程度上也加大了磁盘寻找数据的时间，因此建议用户在格式化分区时，最好保持分配单元大小为默认配置。

14.1.2 产生磁盘坏道的常见原因

除了硬盘本身质量以及老化的原因外，如果平时使用不当，也很有可能造成磁盘坏道。根据性质的不同，磁盘坏道又可以分为逻辑坏道和物理坏道两种。

逻辑坏道是由于一些软件或者使用不当造成的，这种坏道可以使用软件修复；而物理坏道则是硬盘盘片本身的磁介质出现问题，如盘片受到物理损伤，这类故障通常使用软件也无法修复。

如果用户的硬盘一旦出现下列这些现象的一种或几种情况，那么用户就应该注意硬盘是否已经出现了坏道。

（1）在读取某一文件或运行某一程序时，硬盘反复读盘且出错，或是提示文件损坏等信息，又或经过很长时间才能成功，有时甚至会出现蓝屏故障。

（2）硬盘工作时的声音突然由原来正常的摩擦音变成了略带尖锐的不正常声音。

（3）在排除病毒感染的情况下系统无法正常启动，出现"Sector not found"或"General error in reading drive C"等字样的提示信息。

（4）Format格式化硬盘时，到某一进度停止不前，最后报错，无法完成。

（5）每次系统开机都会自动运行Scandisk扫描磁盘错误。

（6）启动时不能通过硬盘引导系统，用软盘启动后可以转到硬盘盘符，但无法进入，用SYS命令传导系统也无法成功。

14.1.3 修复磁盘坏扇区

磁盘坏道既可能是软件的错误，也有可能是硬盘本身硬件故障。不过这并不是说硬盘有了坏道之后就会报废，其实只要处理方法得当，用户完全可以做到让硬盘恢复正常使用。

如果用户确定硬盘有坏道，但是却不能确定这个坏道到底是逻辑损伤还是物理损伤，就只能遵循从简单到复杂的步骤进行修复。一般来说，逻辑坏道经过系统自带的检查磁盘功能或简单的软件修复就可以解决。

01 通过磁盘检查来恢复坏扇区

在Windows系统中，用户可以通过系统自带的检查磁盘功能来自动修复文件系统错误和扫描并试图恢复坏扇区。

01 单击"属性"命令
打开"我的电脑"窗口，右击要通过磁盘检查来恢复坏扇区的磁盘分区，在弹出的快捷菜单中单击"属性"命令。

02 单击"开始检查"按钮
在打开的磁盘属性对话框中单击"工具"标签，切换到"工具"选项卡，在"查错"选项组中单击"开始检查"按钮。

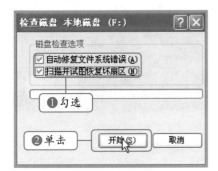

03 设置磁盘检查选项
在弹出的检查磁盘对话框中，勾选磁盘检查选项，然后单击"开始"按钮。

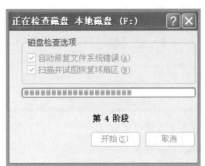

04 正在检查磁盘
单击"开始"按钮以后，系统开始对该磁盘分区进行扫描检查并试图修复。

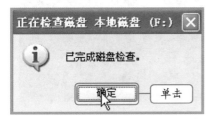

05 完成检查
经过一段时间的检查后，磁盘检查完成并弹出已完成检查的对话框，单击"确定"按钮即可关闭该对话框完成检查修复。

02 利用chkdsk命令修复坏扇区

除了可以通过系统自带的磁盘检查功能来修复磁盘坏扇区，用户也可以利用chkdsk命令来修复坏扇区。具体操作步骤如下。

01 单击"运行"命令
在任务栏上单击"开始"按钮，在弹出的菜单中单击"运行"命令。

温馨提示

chkdsk的全称是checkdisk，就是磁盘检查的意思，它是在系统崩溃或者非法关机时由系统调用检查磁盘的。chkdsk适用于所有的文件系统，能创建和显示磁盘的状态报告，同时，它还可以列出并纠正磁盘上的错误。

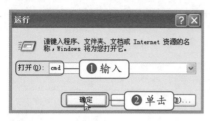

02 运行命令
弹出"运行"对话框，在"打开"文本框中输入命令cmd，然后单击"确定"按钮。

03 输入chkdsk命令
在弹出的命令提示符窗口中，输入"chkdsk X: /f"命令，其中X代表磁盘分区，如要修复F盘则输入"chkdsk f: /"命令。

04 正在检查
在命令提示符对话框中输入命令以后，系统即开始对所指定的磁盘分区进行检查并修复。

05 完成检查
经过一段时间的检查后，磁盘分区检查结束，用户可在命令提示符查看详细信息，也可关闭命令提示符窗口完成检查修复。

14.2 恢复硬盘丢失的数据

对于用户来说，除了系统安全以外，使用电脑的最大风险莫过于数据丢失，辛勤劳作的成果往往只因为一个小小的失误而付诸东流。因此，掌握一定的数据恢复知识是每一个电脑操作者都需具备的技术素质。

关键词　恢复数据、Final-Data、EasyRecovery
难　度　◆◆◆◆◇

14.2.1 防止数据丢失的注意事项

虽然很多操作系统都自带备份功能，而且目前IT界也有不少功能强大的备份软件。但是对于用户而言，是不可能每个小时都会对数据进行备份的。而在没有对数据进行备份的时候，如果因为各种各样的情况导致数据丢失，那用户辛勤劳作的成果可能就付诸东流了。

因此，用户在进行电脑操作的时候，一定要养成良好的习惯。下面将列举部分数据安全注意事项。

01 将"我的文档"路径修改到非系统分区

因为系统分区的故障发生率远远高于其他分区，所以系统可能经常会重装；并且C盘也是病毒、木马等攻击首当其冲的地方；而且C盘还是分区表中的第一个分区，很容易受到破坏。另外，C盘因为绝大多数是系统盘，使用频率相对较高，所以出故障的几率相对较高。总之，建议用户不要将重要数据放在C盘。

02 小心病毒侵袭

病毒和木马泛滥，许多数据的丢失都是由病毒引起的，所以建议用户不要随便浏览任何来历不明的网站，不要打开任何来自网上的可执行程序以及任何来历不明的邮件。而对于移动硬盘、U盘等外部的存储介质，一定要确认无毒、无木马后方可使用。

03 警惕和重视硬盘出故障的前兆

如果用户发现硬盘运行速度变慢，出现文件丢失，启动的时候经常出现扫描硬盘的情况，或是硬盘工作响声异常、有噪音，并经常发生死机、蓝屏等情况，这些都是硬盘即将损坏的前兆，这时候应该立即备份数据。

04 分区和删除文件要慎重

在对磁盘进行分区和克隆的时候，一定要认清源盘、目标盘、分区、整个硬盘这些概念。操作时也一定要谨慎，即使是计算机高手，如果疏忽大意，在分区时也会出差错。另外，在删除文件的时候，用户也需要考虑清楚，如果觉得文件在将来还会用到，可以先将它们放到回收站。

05 数据丢失后不要往磁盘中写入数据

如果用户发现丢失了非常重要的数据，应立即停止对丢失数据所在的盘符进行的任何数据读写操作，并马上关闭电脑，然后立即使用数据恢复软件恢复数据。如果用户没有把握恢复数据，可向专业的数据恢复机构寻求帮助。

14.2.2 使用FinalData恢复数据

　　FinalData是一款较为实用的数据恢复工具，其使用非常简单，且功能极其强大。它除了可以恢复数据外，还能恢复主引导记录、引导扇区、FAT等资料。

01 启动FinalData
　　双击电脑中的"FinalData"图标，启动FinalData数据恢复工具。

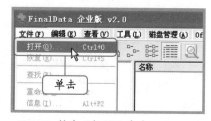

02 单击"打开"命令
　　打开FinalData程序窗口，在菜单栏中执行"文件>打开"命令。

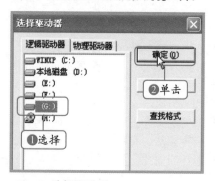

03 选择驱动器
　　在弹出的"选择驱动器"对话框中，选择想要恢复数据的驱动器，然后单击"确定"按钮。

04 扫描根目录
　　单击"确定"按钮后，FinalData数据恢复工具即开始扫描根目录。

新手提升：锁定常用程序

　　在打开的"选择驱动器"对话框中单击"物理驱动器"标签，切换至"物理驱动器"选项卡，然后选择"硬盘1"选项并单击"确定"按钮，即可对整个硬盘进行扫描。

05 设定搜索范围
在弹出的对话框中设置扇区的搜索范围，然后单击"确定"按钮。

06 扫描磁盘
FinalData数据恢复工具开始对所选的驱动器进行簇的扫描。

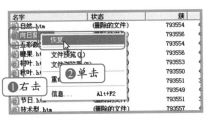

07 查看扫描结果
扫描结束后，FinalData数据恢复工具列出了所能扫描到的已删除文件，用户可在FinalData程序窗口左侧单击选择想要恢复的数据类型或文件。

08 恢复文件
选择想要恢复的数据类型或文件以后，在FinalData程序窗口右侧的列表框中找到想要恢复的文件并右击，在弹出的快捷菜单中单击"恢复"命令。

09 恢复路径
在弹出的"选择要保存的文件夹"对话框中，设置所选文件将要被恢复到的位置。然后单击"保存"按钮。经过以上操作，该文件将会被恢复到指定位置。

14.2.3 使用EasyRecovery恢复数据

EasyRecovery是世界著名数据恢复公司Ontrack的产品，它是一个威力非常强大的硬盘数据恢复工具，能够帮用户恢复丢失的数据以及重建文件系统。

01 启动EasyRecovery
双击桌面的EasyRecovery图标，启动EasyRecovery数据恢复工具。

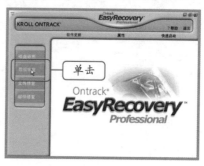

02 打开"数据恢复"选项
在EasyRecovery数据恢复工具窗口中，单击"数据恢复"选项。

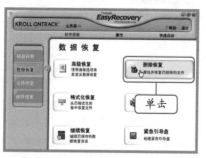

03 打开"删除恢复"功能
在切换到的数据恢复功能界面中，单击"删除恢复"按钮。

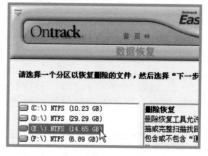

04 选择磁盘分区
在转入的扫描位置选择界面，选择误删文件之前所在的磁盘分区，然后单击"下一步"按钮。

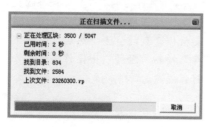

05 扫描磁盘分区
单击"下一步"按钮以后，EasyRecovery开始对该分区进行扫描。

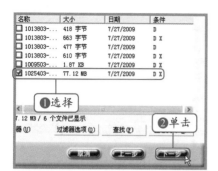

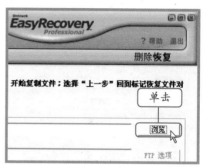

06 选择误删文件
在EasyRecovery数据恢复工具显示出的扫描结果中选择想要恢复的误删文件，然后单击"下一步"按钮。

07 单击"浏览"按钮
单击"下一步"按钮以后，在切换到的恢复路径设置界面，单击"浏览"按钮。

08 设置保存路径
在弹出的"浏览文件夹"对话框中，选择误删文件将要恢复到的位置，然后单击"确定"按钮。

09 开始恢复文件
设置误删文件的路径以后，返回恢复路径设置界面，单击"下一步"按钮，开始恢复文件。

温馨提示

值得用户注意的是，误删文件不能恢复到它之前所在的磁盘分区，同时，EasyRecovery也不能恢复它本身所在磁盘分区的数据。

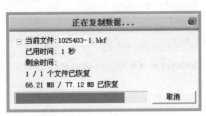

10 正在恢复文件
单击"下一步"按钮以后，EasyRecovery数据恢复工具开始恢复文件，并显示文件恢复进度。

11 恢复文件成功
经过一段时间的文件恢复，文件恢复成功，单击"完成"按钮即可退出该界面。

12 退出恢复界面
在弹出的"保存恢复"对话框中，单击"否"按钮即可退出数据恢复界面。

14.2.4 使用Search and Recover恢复数据

　　Search and Recover是出品System Mechanic的iolo公司发布的一款硬盘数据恢复工具，它可以使用向导方式快速恢复已删除数据，也可以通过高级数据恢复工具最大限度地挽救数据，适用于Windows 9x/NT/2000/XP/2003等平台。

01 启动软件
双击"Search and Recover数据恢复工具"图标，启动Search and Recover工具。

02 文件恢复向导
在弹出的Search and Recover程序窗口中，单击"文件恢复向导"文字链接。

03 选择文件类型
在切换到的"查找并恢复文件"界面中单击选中"所有文件"单选按钮，然后单击"继续"按钮。

04 设置搜索位置

在切换到的"你要搜索哪里？"界面，勾选将要搜索的误删文件之前所在的位置，然后单击"扫描"按钮。

05 正在扫描

单击"扫描"按钮后，Search and Recover程序即开始扫描所选区域的已删除文件。

06 恢复文件

经过一段时间的扫描后，Search and Recover程序将会列出能扫描到的所有已删文件。右击想要恢复的文件，在弹出的快捷菜单中单击"恢复所选项"命令。

07 设置文件恢复路径

在弹出的"浏览文件夹"对话框中，设置文件将要恢复到的位置。然后单击"确定"按钮。

08 正在恢复文件

单击"确定"按钮以后，Search and Recover程序即开始恢复所选文件，并显示恢复进度。

新手常见问题

1. 数据恢复的原理是什么？

删除文件，其实是修改文件头的前2个代码。这种修改映射在文件分配表中，就为文件做了删除标记，但文件的内容仍保存在原来的簇中，如果这些簇的信息不被后来的保存数据覆盖，它就不会从磁盘上抹掉。文件被删除后，既然其数据仍在磁盘上，文件分配表中也有它的信息，这个文件就有恢复的机会，只要找出文件头，并恢复前2个代码，在文件分配表中重新映射一下，这个文件就被恢复了。但是，文件被删除后，如果它所占的簇被存入其他数据，文件头也被覆盖，这个文件在文件分配表中的信息就会被新的文件映射所代替，这个文件也就无法恢复了。

2. 磁盘中的簇与扇区有什么区别？

扇区是磁盘最小的物理存储单元，但由于操作系统无法对数目众多的扇区进行寻址，所以操作系统就将相邻的扇区组合在一起，形成一个簇，然后再对簇进行管理，每个簇可以包括2、4、8、16、32或64个扇区。

3. 为什么最好不用低级格式化来修复磁盘坏道呢？

因为低级格式化会重新进行划分磁道和扇区、标注地址信息、设置交叉因子等操作，需要长时间读写硬盘，每使用一次就会对硬盘造成剧烈磨损，对于已经存在物理坏道的硬盘更是雪上加霜，实践证明低格式化将加速存在物理坏道的硬盘报废。另外低格式化将彻底擦除硬盘中的所有数据，这一过程是不可逆的。因此低格式化只能在万不得已的情况下使用，低格式化后的硬盘要使用Format命令进行高级格式化后才能使用。

4. FinalData和EasyRecovery能否兼容Windows 7？

FinalData和EasyRecovery可以兼容Windows 7，其使用方法与在Windows XP操作系统下相同。

第15章

安装系统过程中的
常见故障

要点导航

■ 无法设置从光驱启动

■ 安装过程中出现错误提示

■ 安装过程中提示超频

■ 安装过程中提示内存不足

　　操作系统的安装是一个复杂而又耗时的过程。用户在安装操作系统时可能还会遇到各种各样的故障，如无法设置电脑从光驱启动，安装过程中提示超频等。

　　本章将针对用户在安装Windows XP或Windows 7操作系统过程中，可能遇到的一些常见故障及其解决方法做一个说明。

```
Microsoft Windows XP (TM) 故障恢复控制台。

故障恢复控制台提供系统修复和故障恢复功能。

要退出故障恢复控制台并重新启动计算机，请键入 EXIT。

1: C:\WINDOWS

要登录到哪个 Windows XP 安装
（要取消，请按 ENTER）？1
请键入管理员密码：
C:\WINDOWS>_
```

15.1　安装Windows XP时的常见故障

首先学习安装Windows XP可能遇到的故障、可能的原因及解决办法。

关键词　Windows XP故障、光驱启动、无法复制文件
难　度　◆◆◆◆◇

15.1.1　无法设置从光驱启动

要通过系统盘来安装操作系统，第一步操作就是设置从光驱启动电脑。如果在BIOS中设置从光驱启动后，重启电脑却不能读取系统盘数据，而是直接从硬盘启动，出现这种故障可能是用户在设置BIOS后没有保存，或电脑未检测出光驱所致。

01 未保存BIOS设置

用户每次对BIOS进行设置后，必须对所做的设置进行保存，才能使设置生效。下面介绍设置BIOS从光驱启动后保存、退出的具体操作步骤。

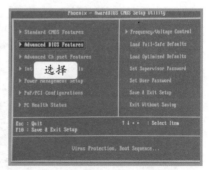

01 进入BIOS设置界面
启动电脑，在开机自检时快速按下键盘上的【Delete】键。

02 选择高级BIOS设置选项
进入BIOS设置界面，通过小键盘的方向键选择Advanced BIOS Features项，然后按【Enter】键。

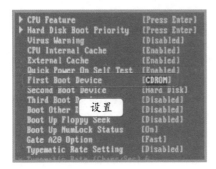

03 设置光驱启动

然后按照2.2.1节讲述的方法将第一启动设备设置成光驱启动，即设置First Boot Device为CDROM。

04 保存并退出BIOS

设置完毕，直接按【F10】键并在弹出的对话框中输入Y后，按下【Enter】键即可。

02 未检测出光驱

如果设置从光驱启动后，在电脑自检时没有显示Press any key boot from CD……的提示信息，则说明电脑可能是未检测出光驱。产生这种故障的原因可能有两种：一种是光驱跳线设置的问题，通常在光驱上有三种跳线方式，分别为slave（从盘）、master（主盘）和cable select（自动识别）。通常情况下将光驱跳线设置为cable select就可以了。如果采用的是IDE硬盘，并且光驱是挂在IDE硬盘数据线上的，最好将光驱跳线设置为slave。光驱跳线在光驱接口处并且背面有各种设置的标识，请按需设置即可。另一种是BIOS里面没有开启光驱IDE设备，如果是该原因造成的，则直接在BIOS中将BIOS载入默认设置即可。

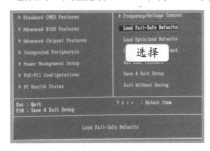

01 载入默认设置

在BIOS主界面中将光标移动到"Load Fail-Safe Defaults"选项上按【Enter】键。

02 确认设置

在弹出的对话框中输入Y后按下【Enter】键，然后按【F10】键保存退出即可。

15.1.2 安装系统时提示"无法复制XXX文件"

在使用Windows XP系统安装盘安装Windows XP系统的时候，当文件复制到某个进度的时候，提示无法复制此文件，询问用户是否跳过或者重试，用户经过尝试发现这两种方法都无法使文件复制进行下去。如果执意要跳过各个无法复制的文件，还可能出现蓝屏故障。导致这个故障的原因有很多，当遇到这种故障时，用户可以考虑从以下几个方面着手解决。

（1）光盘问题：当出现此类故障时，首先需要考虑的就是安装光盘的问题。一些安装光盘使用久了盘面就可能会出现许多摩擦的划痕和灰尘。此时可使用眼镜布擦拭光盘表面，再重新放入光驱试试。如果还是存在这个问题，就只能更换光盘或按照下面的方法进行解决。

（2）光驱问题：如果更换了一张正常的光盘后依然出现这个故障，就可能是光驱的问题了。这种情况大多是由于光驱老化造成的，此时可考虑更换光驱。

（3）硬盘分区表损坏：如果确认了光驱和光盘都没有问题，则可能是硬盘分区表损坏造成的故障，此时可利用第三方软件HD Tune来检测硬盘是否损坏。

（4）内存问题：在安装操作系统的复制文件过程中，程序调用最多的硬件是内存，因为从光盘读取文件以后，首先要调入内存，然后通过内存进入硬盘缓存从而写入硬盘扇区。此时，如果内存质量不佳，或是与主板存在兼容性问题，就容易在内存区丢失暂存数据，而造成无法将系统文件从光盘复制写入硬盘。此时，安装程序就会误认为是光盘存在错误，在更换了安装光盘或是光驱以后，若问题依旧出现，建议用户更换内存。

15.1.3 安装系统后开机提示"NTLDR is missing"信息

由于NTLDR文件是Windows XP操作系统的引导文件，若此文件丢失，启动系统就会提示"NTLDR is missing"信息，从而不能正确进入操作系统。遇到这个问题的时候，可通过"故障恢复控制台"来复制这个文件。

Press any key to boot from CD.._

01 读取系统安装盘
在光驱中放入Windows XP系统安装盘，设置BIOS为光驱启动，重新启动电脑并等待电脑读盘。

02 进入故障恢复控制台

待进入到Windows XP安装程序界面的时候按【R】键，启动故障恢复控制台。

03 选择系统并输入密码

根据界面提示输入1后按【Enter】键，然后输入密码并按下【Enter】键，如果没有密码则直接按下【Enter】键。

04 复制丢失的文件

在光标处输入copy e:\i386\ntldr c:\并按下【Enter】键，完成后在光标处输入exit并按下【Enter】键，电脑即会自动进行重启。

温馨提示

"copy e:\i386\ntldr c:\"这段命令中copy即为"复制"的意思，而"e:\i386"则代表ntldr文件的路径，其中E盘为光驱的盘符名称，如果光驱为F盘，光盘中ntldr文件存放在×××文件夹，那么命令就应该为"copy f:\xxx\ntldr c:\"。

15.1.4 安装系统时屏幕中央出现矩形黑色方块

在安装Windows XP操作系统时，在安装的初始阶段，电脑屏幕上突然出现了一个黑色矩形区域，随后电脑就停止安装了。这个故障是由于在BIOS中开启了病毒防护，要解决这个问题只需进入BIOS将病毒防护关闭即可。

01 进入BIOS设置界面
进入BIOS主界面后，移动光标选择"Advanced BIOS Features"选项并按下【Enter】键。

02 打开Virus Warning对话框
进入到"Advanced BIOS Features"界面后，选择"Virus Warning"选项，并按下【Enter】键。

03 关闭病毒防护
在弹出的"Virus Warning"对话框中选择"Disabled"选项，然后按下【Enter】键，设置完毕后按下【F10】键保存退出即可。

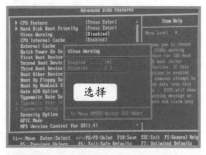

15.2　安装Windows 7时的常见故障

Windows 7作为目前最新的一种Windows操作系统，自发布以来深受广大用户的喜爱。下面将介绍安装Windows 7时的一些常见故障及其解决方法。

关键词　Windows 7故障、超频、内存不足、错误代码
难　度　◆◆◆◆◆

15.2.1　输入序列号后显示0XC004F061的错误代码

有些用户在安装Windows 7的时候输入序列号后显示"错误代码：0XC004F061"，原因是因为该序列号是"升级序列号"，只能用于升

级而不是净安装，这种问题经常出现在一些由XP升级到Windows 7的用户身上。如果出现这种错误，用户可以在安装时不输入序列号，直接忽略，系统会提示有30天激活期，待进入系统后，可按照下面的方法进行设置。

01 打开注册表编辑器
进入系统后，不进行任何升级，在任务栏上单击"开始"按钮，然后在"搜索程序和文件"文本框中输入Regedit.exe命令后按【Enter】键。

02 展开 OOBE项
打开注册表编辑器后，在左侧的窗格中展开HKEY_LOCAL_MACHINE/Software/Microsoft/Windows/CurrentVersion/Setup/OOBE/项。

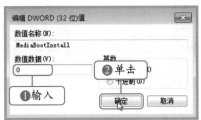

03 双击MediaBootInstall项
在右侧的窗格中双击"MediaBootInstall"项。

04 编辑MediaBootInstall值
弹出"编辑DWORD（32位）值"对话框，在"数值数据"文本框中输入数值0，然后单击"确定"按钮。

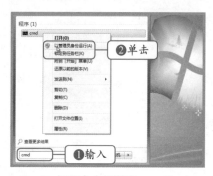

05 打开命令行程序

在"开始"菜单中的"搜索程序和文件"文本框中输入cmd命令,然后右击"程序"选项组下的cmd选项,在弹出的快捷菜单中单击"以管理员身份运行"命令。

06 单击"确定"按钮

弹出提示对话框,提示用户要使更改生效,请重新启动系统,单击"确定"按钮,然后重新启动电脑。

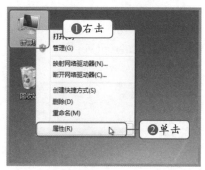

07 单击"属性"命令

重启进入Windows 7系统后,右击桌面上的"计算机"图标,在弹出的快捷菜单中单击"属性"命令。

08 更改产品密钥

打开"系统"窗口,在"Windows 激活"选项组中单击"更改产品密钥"文字链接。

09 输入产品密钥

弹出"Windows 激活"对话框,在"产品密钥"文本框中输入Windows 7的产品密钥,然后单击"下一步"按钮即可。

15.2.2 安装Windows 7时无法选择新分区

　　在安装Windows 7系统时，在安装过程中安装程序会让用户选择安装分区，但有时候硬盘明明有好几个分区，安装程序却只能识别出当前的某一个分区。这时很多用户就误认为是Windows 7安装程序有问题，其实不然。对于Windows 7而言，用户在安装时候，如果遇到无法格式化、无法选择新分区，可以考虑重新创建分区来进行安装。具体操作方法如下。

01 打开分区高级选项
　　在安装时，如果安装程序只识别出一个硬盘分区，则可以在选择分区界面中单击"驱动器选项（高级）"文字链接。

02 新建分区
　　展开"驱动器选项（高级）"选项后，在"大小"文本框中输入新建分区的大小，然后单击"应用"按钮。

03 单击"确定"按钮
　　弹出"安装Windows"提示对话框，直接单击"确定"按钮。

04 完成新建分区的创建
　　单击"确定"按钮后，返回到选择分区界面中即可选择新建的分区进行系统的安装。

新手常见问题

1. 在安装系统时，为什么会提示必须转换磁盘分区呢？

出现这样的问题是因为在刚开始安装Windows XP系统时，有一个步骤允许选择安装系统的分区，而用户没有选择这个选项，从而导致故障的发生。要解决此故障，用户可以重新运行安装程序，在进行到该步骤时选择有关选项，之后就可以选择安装到哪个分区，以及保留原来的分区格式或者是把分区格式设为NTFS、FAT32格式等。

2. 在安装包括Windows XP在内的多个操作系统时，为什么安装都会失败呢？

在安装包括Windows XP在内的多个操作系统时失败，有可能是NTFS文件格式导致系统的安装失败。如果想安装多个操作系统，则尽量不要把C盘转为NTFS格式，而是使用FAT32格式。如果一定要把C盘转换为NTFS格式（C盘安装的操作系统须支持NTFS格式），可以在系统安装完成之后，在命令行模式下，使用convert命令进行格式转化。

3. 安装Windows XP系统后，为什么无法正常启动呢？

在安装Windows XP系统后，如果无法正常启动，则极有可能是由于Windows XP系统无法正常支持高级电源管理功能所致。出现这种故障多见于AMI BIOS的主板，建议用户登录该主板厂商的网站，下载最新的主板驱动程序和BIOS程序，在更新驱动程序后，即可将故障排除。

4. 设置了BIOS病毒防护后，为什么无法启动？

这极有可能是Windows操作系统和主板BIOS的病毒防护功能有些冲突，启用病毒防护功能后禁止了CPU读取硬盘的引导区信息，造成无法启动电脑，遇到这种情况只需关闭主板的病毒防护功能就可以了。

华章股票类精品推荐

专业成就人生
立体服务大众

www.hzbook.com

填写读者调查表　加入华章书友会
获赠精彩技术书　参与活动和抽奖

尊敬的读者：

　　感谢您选择华章图书。为了聆听您的意见，以便我们能够为您提供更优秀的图书产品，敬请您抽出宝贵的时间填写本表，并按底部的地址邮寄给我们（您也可通过www.hzbook.com填写本表）。您将加入我们的"华章书友会"，及时获得新书资讯，免费参加书友会活动。我们将定期选出若干名热心读者，免费赠送我们出版的图书。请一定填写书名书号并留全您的联系信息，以便我们联络您，谢谢！

书名：　　　　　　　　　　　　　　　　　书号：7-111-(　　　　　　　　)

姓名：		性别：□男　　　□女		年龄：	职业：
通信地址：				E-mail：	
电话：	手机：			邮编：	

1. 您是如何获知本书的：

　　□ 朋友推荐　　　　□ 书店　　　　□ 图书目录　　　　□ 杂志、报纸、网络等　　　　□ 其他

2. 您从哪里购买本书：

　　□ 新华书店　　　　□ 计算机专业书店　　　　　　□ 网上书店　　　　　　　　□ 其他

3. 您对本书的评价是：

　　技术内容　　□ 很好　　　　□ 一般　　　　□ 较差　　　　□ 理由＿＿＿＿＿＿＿
　　文字质量　　□ 很好　　　　□ 一般　　　　□ 较差　　　　□ 理由＿＿＿＿＿＿＿
　　版式封面　　□ 很好　　　　□ 一般　　　　□ 较差　　　　□ 理由＿＿＿＿＿＿＿
　　印装质量　　□ 很好　　　　□ 一般　　　　□ 较差　　　　□ 理由＿＿＿＿＿＿＿
　　图书定价　　□ 太高　　　　□ 合适　　　　□ 较低　　　　□ 理由＿＿＿＿＿＿＿

4. 您希望我们的图书在哪些方面进行改进？

5. 您最希望我们出版哪方面的图书？如果有英文版请写出书名。

6. 您有没有写作或翻译技术图书的想法？

　　□ 是，我的计划是＿＿＿＿＿＿＿＿＿＿＿＿＿＿＿＿＿＿＿＿　　　　□ 否

7. 您希望获取图书信息的形式：

　　□ 邮件　　　　□ 信函　　　　□ 短信　　　　□ 其他＿＿＿＿＿

请寄：北京市西城区百万庄南街1号　机械工业出版社　华章公司　计算机图书策划部收
邮编：100037　电话：(010) 88379512　传真：(010) 68311602　E-mail: hzjsj@hzbook.com